LA TAMPONNEUSE DES LILAS

W0296184

ABONNEMENTS — RÉABONNEMENTS

Je souhaite m'abonner aux collections suivantes
Merci de préciser le numéro à partir duquel vous le souhaitez

☐	BLADE, 1 an — 6 numéros	du N°… 40,56 €
☐	BRIGADE MOND. 1 an — 11 numéros	du N°… 74,36 €
☐	ALIX KAROL, 1 an — 6 numéros	du N.. 40,56 €
☐	L'EXÉCUTEUR, 1 an — 10 numéros	du N°.. . 72,38 €
☐	POLICE DES MŒURS, 1 an — 6 numéros	du N°… 40,56 €
☐	**SAS** **1 an — 4 numéros**	**du N°… 31,56 €**

frais de port (par vol = 1,50 €) et remise 5 % inclus dans ces tarifs
port Europe (par vol = 3,50 €)

TOTAL GdV =……………………………………………..
TOTAL GECEP =…………………………………………… €

PAIEMENT PAR CHÈQUE À
GECEP
15, CHEMIN DES COURTILLES
92600 ASNIÈRES
TÉL. 01 47 98 31 58

PAIEMENT PAR CHÈQUE À
ÉDITIONS GÉRARD DE VILLIERS
14, RUE LÉONCE REYNAUD
75116 PARIS
TÉL. 01 40 70 95 57

Nom :……………………..Prénom……………………………

Adresse…………………………………………………………

……………………………………………………………………..

Code

postal……………………..Ville…………………………….

POLICE DES MŒURS : Je souhaite recevoir :

- le catalogue général
- les volumes cochés ci-dessous au prix de 6,00 € l'unité, soit :

N°(* Titres épuisés.)..

soit..livres à 6,00 € =..............€

+ frais de port =............

(1 vol. : 1,50 €, 1 à 3 vol. : 3,50 €, 4 vol et plus : 5 €) TOTAL...............€

(ajouter à TOTAL abonnements)................................=................€

N°	TITRES
125	Le Mort au pair
141	La Bombe de Noël
142	La Position du chapeau chinois
143	Les Trois Orphelines
144	La Bouc émissaire
145	Le Sentier des demoiselles
146	Lovita
147	La Croqueuse de chrysanthème
148	L'Auto-stoppeuse
151	La valse des patineuses
152	Contrat pour l'éternité
153	L'Amante religieuse
154	À l'ombre des filles en pleurs
155	Tectonique des plates
159	Le denier du cul
160	La rescapée
161	Mergitur
162	La Fille au père
163	Strip poker
164	La Plombière
165	La Baby-siter
166	La Langue au chat
167	En mai je fais ce qu'il te plaît

N°	TITRES
168	Sous les poupées la plage
169	Les Vendangeuses
170	La Convoyeuse
171	Régime sensuel
174	Félicie repasse le code
175	La cinquantième rugissante
177	Belles du désert
178	À cru et à dia
179	Les Malveillantes
180	Fleurdeprintemps.com
181	L'île aux treize corps
HS	Le Mystère de la dame en bleu
182	La Chanson de Sara
183	La Trentenaire dans la chatière
184	La Soie sans toi
185	Mi-fugue mi-résille

Le Code de la propriété intellectuelle n'autorisant, aux termes des paragraphes 2 et 3 de l'article L. 122-5, d'une part, que les « copies ou reproductions strictement réservées à l'usage privé du copiste et non destinées à une utilisation collective », et d'autre part, sous réserve du nom de l'auteur et de la source, que les « analyses et les courtes citations justifiées par le caractère critique, polémique, pédagogique, scientifique ou d'information », toute représentation ou reproduction intégrale ou partielle, faite sans le consentement de l'auteur ou de ses ayants droit ou ayants cause, est illicite (article L.122-4). Cette représentation ou reproduction, par quelque procédé que ce soit, constituerait donc une contrefaçon sanctionnée par les articles L. 335-2 et suivants du Code de la propriété intellectuelle.

© Éditions Gecep Vauvenargues, 2008.

ISBN : 978 2 7443 1481 0

PIERRE LUCAS

LA TAMPONNEUSE DES LILAS

POLICE DES MŒURS

VAUVENARGUES

CHAPITRE PREMIER

Sur le point d'enfoncer la première touche du digicode, Marc Coutaud corrigea instinctivement le mouvement de sa main et remonta précipitamment le col de son blouson. La fille qui sortait à l'improviste de l'immeuble lui adressa un sourire poli. Il détourna son visage sans lui rendre la monnaie.

Conséquence inévitable : elle referma la porte derrière elle, légitimement soucieuse de ne pas laisser entrer sans le pianotage de rigueur un type qui faisait manifestement tout ce qu'il pouvait pour ne pas offrir sa binette aux yeux de tout un chacun.

Il attendit qu'elle ait disparu au coin de la rue pour composer le code.

Une fois de plus, il l'avait échappé belle…

Camille lui ouvrit la porte de son studio. Fidèle aux petites habitudes de leurs rendez-vous à domicile, elle s'était mise sur son trente et un, à savoir: string bleu nuit et nuisette translucide assortie, à travers laquelle on devinait le galbe de ses seins libres aux mensurations modestes mais en harmonie parfaite avec le reste de son anatomie.

À vingt-deux ans passés de trois mois, elle en paraissait à peine dix-sept.

– Tu as l'air soucieux, constata-t-elle d'un œil perspicace qui n'avait aucun mal à interpréter les différentes mimiques de son amant.

– J'ai encore failli me faire piéger, soupira-t-il. Quand accepteras-tu enfin qu'on se voie sur un terrain moins exposé, où j'ai les moyens d'assurer ma tranquillité et la tienne par la même occasion ?

Camille émit un léger sourire, où pointait un zeste d'agacement.

– Je t'ai déjà dit cent fois ce que j'en pensais, fit-elle. Les palaces hors de prix où tu peux acheter le silence des employés à coups de pourboires princiers, c'est peut-être ton univers mais ce n'est pas le mien.

– Mais bon sang ! Une fille qui sortait de l'immeuble a failli me reconnaître. La dernière fois, c'était une mémère qui doit passer le plus clair de son temps à papoter dans les commerces du quartier.

– Elles ont seulement failli, tu le dis toi-même. Si tu continues à rester sur tes gardes, il n'y aura pas de problème. Je persiste à penser que ça te fait du bien d'avoir à assumer ce genre de souci. La rançon de la gloire, en quelque sorte.

De guerre lasse, Marc Coutaud capitula une fois de plus. Camille avait les défauts de ses qualités : un caractère bien trempé, et donc une obstination féroce à s'en tenir à ses décisions quand elles étaient mûrement réfléchies.

– J'ai eu une journée de dingue, éluda-t-il. Rien avalé depuis le petit déjeuner. Tu aurais quelque chose à grignoter ?

– Tu devrais aussi prendre quelques leçons de savoir-vivre, espèce de mufle. Une créature sublime t'ouvre sa porte en tenue d'amour, et tout ce que tu trouves à faire, c'est de te plaindre des menus inconvénients de ta condition et de lui demander de quoi te lester l'estomac.

Marc réagit par un tendre baiser sur les lèvres offertes. Lui aussi connaissait son amoureuse par cœur : l'indignation de la jeune fille n'était que de pure forme.

– Tu n'as rien contre les croque-monsieur surgelés ? s'enquit-elle. C'est tout ce que j'ai en magasin.

– Tant que ça se mange et qu'il y a un verre de vin digne de ce nom pour faire passer, je suis partant, répondit-il en la suivant en direction du coin cuisine.

– Avant-hier, on n'a bu que la moitié de la bouteille de bordeaux que tu avais apportée.

– Ce n'était pas du simple bordeaux, fit-il semblant de s'indigner à son tour : c'était un médoc de 1998. Je n'irai pas jusqu'à te rappeler le nom prestigieux du château, puisque tu te moques de ce genre de détail comme de ta première nuisette.

– À chacun ses valeurs, rétorqua Camille en ouvrant le compartiment congélateur de son minifrigo. En me rencontrant, tu as été obligé de reprendre contact avec le vrai monde dont tu avais quelque peu tendance à oublier l'existence. Le jour où tu me laisseras tomber pour retrouver tes pétasses refaites de partout, je t'aurai au moins servi à ça.

– Je n'ai aucune intention de te quitter, Camille, et tu le sais très bien.

– C'est aussi ce que disait ton prédécesseur, mon chéri, et cela trois jours avant de m'envoyer un simple point par sms en guise de lettre de rupture.

Marc Coutaud était déjà au courant de l'anecdote, que Camille n'avait pas encore digérée.

Il attrapa la bouteille de médoc entamée sur une étagère, puis deux verres qu'il remplit aux deux tiers tandis que le croque-monsieur congelé reprenait peu à peu une consistance consommable sous la résistance du minifour.

Camille trempa ses lèvres dans son verre et murmura doucement le plaisir de ses papilles.

Elle se moquait ostensiblement des appellations des grands crus du Bordelais ou d'ailleurs, mais elle n'en savait pas moins trier le bon grain de l'ivresse.

CHAPITRE II

D'une dernière rasade, Marc poussa l'ultime bouchée du croque-monsieur insipide et reposa son verre.

Il n'en avait bu qu'un.

Camille, quant à elle, s'était resservie plusieurs fois, jusqu'à assèchement complet de la bouteille.

Ses yeux commençaient à pétiller sous un léger voile qui trahissait un début d'ivresse.

Ses facultés de résistance à l'alcool frisaient le zéro absolu, et Marc n'avait aucune peine à deviner pourquoi elle les avait délibérément mises à mal.

Un peu timide sur le plan sexuel, c'était pour elle un moyen parmi d'autres de se libérer complètement.

Il se prépara avec délectation à subir les pires outrages qui allaient en découler.

En gloussant telle la dinde qu'elle n'avait

jamais été, elle le prit par la main et l'entraîna vers son lit, tout au fond du studio.

La nuisette s'envola comme par magie.

Il fit trois pas en arrière pour avoir le recul nécessaire à la jouissance d'un spectacle dont il ne se lassait pas.

Celui du corps nu de Camille.

Car le string avait lui aussi déserté son poste pour atterrir en vrille au sommet d'une plante verte.

Elle prit plusieurs poses lascives et successives, comme pour une série de photos coquines. Son visagc arborait les mimiques un peu imbéciles qui vont avec ce genre d'activité, mais, en dépit de l'alcoolémie galopante qui n'aide pas davantage à transpirer la vivacité intellectuelle, elle réussissait le tour de force de ne jamais être vulgaire.

Même en singeant les « pétasses au QI de chou-fleur », comme elle le disait souvent pour stigmatiser les ex-relations féminines de son amant, elle restait égale à elle-même : subtile et jolie comme un cœur.

Subjugué, Marc avala deux fois sa salive quand elle posa un genou à terre près du lit en agitant plusieurs fois son index pour l'inviter à se rapprocher.

Il savait ce que ça voulait dire et obtempéra, en se débarrassant de sa chemise tandis qu'elle s'occupait de l'étage inférieur.

Bientôt nu comme un ver, il ferma les yeux quand elle engouffra lentement le gland de son sexe palpitant entre ses lèvres pulpeuses.

À jeun, Camille suçait correctement, sans plus.

Mais quand elle avait picolé ou fumé un pétard…

La quintessence des sensations.

Il sentait la pointe de la langue frétiller dans le petit creux de sa cavité intime, puis ce fut un long et chaud enveloppement sous la hampe, tandis qu'elle aspirait l'ensemble du membre brûlant jusqu'au tréfonds de sa gorge.

Mouvement inverse, après quelques secondes d'immobilité savoureuse.

Et rebelote.

Au fil des allers et retours, le rythme de la succion croissait traîtreusement, presque insensiblement.

Et, d'un seul coup, la frénésie, tandis qu'elle lui malaxait conjointement les couilles des doigts fébriles de sa main droite et lui pétrissait les fesses de l'autre.

Ça aussi, il savait ce que ça voulait dire : petit cadeau d'un premier round jusqu'au KO, avec exigence ultérieure de monnaie rendue en attendant que Dame Nature s'occupe de restaurer la vaillance d'un afflux sanguin provisoirement défaillant.

Alors il se laissa aller, corps et âme.

Quand il éjacula d'une triple saccade dans la bouche hermétiquement scellée à la racine de son intimité à l'agonie, l'univers ne fut plus pour lui, sous l'abri de ses paupières closes, qu'un feu d'artifice stellaire aussi chaotique que fondamentalement réjouissant.

Tout son système nerveux en capilotade, il ouvrit doucement les yeux.

Le spectacle continuait, dans un registre encore plus provocant.

Camille avait gardé la copieuse offrande en bouche et la laissait doucement couler de ses lèvres en « o », tout en tournant lentement la tête de droite et de gauche en battant des cils.

Les filets de sperme tombaient alternativement sur son sein droit et sur le gauche, s'accrochaient aux tétons gonflés d'une émouvante et formidable érection.

Puis, de son index recourbé, elle récupérait le nectar et le ramenait à son point de départ en se suçant généreusement le doigt.

La dernière goutte déglutie, elle se redressa et s'allongea lascivement sur son lit, jambes écartées.

Sa main droite caressa son ventre et les doigts

contournèrent le double renflement du sexe entièrement épilé.

Il n'était pas dans le projet de la jeune femme de se masturber vraiment, mais de s'agacer la chair tendre de l'aine de part et d'autre du gouffre incandescent, pour parfaire la virulence de son désir.

Le moment était venu pour Marc de rendre la monnaie attendue.

Il s'agenouilla sur le lit et s'installa confortablement entre les cuisses hospitalières, lèvres du haut scellées aux lèvres du bas de sa compagne, ruisselantes d'une impatience aussi légitime que massive.

CHAPITRE III

Dans le studio sous les combles, l'atmosphère virait peu à peu à la canicule tropicale caractérisée, et le phénomène n'avait rien à voir avec la température extérieure d'une nuit de fin mars pas particulièrement généreuse en degrés, ni même avec la loi physique qui veut que la chaleur d'un immeuble grimpe les étages sans ascenseur pour s'accumuler tout en haut.

Uniquement de la calorie humaine, en veux-tu en voilà.

Car ni Marc ni Camille ne ménageaient leur peine en ce bouillant domaine.

Ça baisait en boucle, ça s'enfilait par tous les orifices au diamètre suffisant, ça se contorsionnait pour inventer au fil d'une improvisation effrénée des positions très improbables qu'aucun manuel de savoir bien vivre n'avait jamais eu l'audace de répertorier.

Le taux d'humidité était à l'avenant, à la faveur de l'évaporation continue de litres de sueur et autres sécrétions corporelles d'origine très intime.

Marc commençait à fatiguer, mais pas Camille. La gueuse insatiable en redemandait encore et encore, au mépris des faiblesses itératives de la nature masculine. Alors, bon prince, il comblait les lacunes provisoires de la langue et du doigt, parfois de plusieurs.

Labourée par un majeur pas chien sur le labeur, elle explosa d'un quatorzième et tellurique orgasme.

Puis d'un quinzième une dizaine de minutes plus tard, prodigué par les bons offices anaux d'un membre à nouveau opérationnel, ce qui tenait presque du miracle.

– J'en peux plus, confessa Marc d'un souffle de forge en s'affalant piteusement en travers de la couette dévastée.

– Avec le boulot que tu fais, ça m'étonne pas, regretta la délaissée. Tout en paroles et en faux-semblants. Rien que de la poudre aux yeux.

– Après ce que je viens de te faire et de te refaire et de te rerefaire et etc., tu as le culot de parler de poudre aux yeux !

– Parce que mes efforts à moi, ils comptent pour du beurre, peut-être ?

– Tu es une femme. C'est pas pareil et tu le sais très bien.

Camille esquissa un sourire malicieux en se titillant le téton gauche en dilettante.

– C'est bien le seul domaine où les filles sont les reines du pétrole depuis que le monde est monde, minauda-t-elle. Ça compense un peu pour tout le reste.

– Arrête de t'astiquer le mamelon, supplia Marc. De toute façon je suis hors service pour au moins vingt-quatre heures.

– Et alors ? C'est pas parce que le mâle fait défaut que je dois me priver des menus plaisirs de la vie.

L'autre main de Camille visa une anfractuosité déjà abondamment visitée. Il manqua bientôt un majeur au décompte visible de ses doigts.

– Bon, trancha Marc. Je te laisse à tes plaisirs solitaires et je rentre me coucher.

– Tu ne veux pas dormir là, tu es sûr ?

– Justement : j'ai l'intention de dormir. Sinon, demain matin, je vais être en dessous de tout et c'est vraiment pas le moment.

– Pourquoi tu sors ton téléphone ? s'enquit Camille sans cesser de s'arranger.

– Pour appeler un taxi, pardi.

– Non.

– Comment ça, non ?

– À l'heure qu'il est, il y a encore des métros. Tu remontes ton col et tu enfiles tes lunettes de soleil. Personne ne te reconnaîtra.

– Putain, Camille, tu fais chier, avec ta lubie de me forcer à vivre comme tout le monde.

– Si tu appelles un taxi, c'est moi qui te quitte. À prendre ou à laisseeeeeeeer.

Énième orgasme à l'improviste. La belle ne maîtrisait plus grand-chose de son métabolisme tourneboulé.

Marc Coutaud referma le clapet de son portable et enfila son slip en marmonnant.

CHAPITRE IV

– Vous avez du feu ?

Malgré la pénombre, qui aidait à l'entretien de son incognito, Marc Coutaud constata que la fille était jolie, et même plus que ça.

– Oui, fit-il en modifiant par réflexe le timbre de sa voix.

Il tira un briquet en argent massif de sa poche de blouson.

Il ne fumait pas, mais il avait toujours sur lui de quoi être poli avec les jolies filles.

Elle se pencha vers la main tendue, cigarette aux lèvres.

CHAPITRE V

Rue de Lutèce, aux Affaires Spéciales hébergées du bout des doigts par une Préfecture de Police qui préférait afficher en vitrine des services à la réputation un peu moins opaque et sulfureuse, le lieutenant Alexandre Gribovitch faillit écraser sa souris d'ordinateur d'un poing vindicatif et jura dans la foulée tel un charretier qui vient de se coincer un orteil sous la roue cerclée de métal de son véhicule préféré.

– Putain de bordel de bite en bois, c'est pas vrai !

– Qu'est-ce qui t'arrive ? s'enquit sa coéquipière Sophie Leclerc qui tripotait sa frange brune faute de dénicher le feuillet qui manquait à la liasse de paperasses qu'elle était en train d'essayer de classer.

– Ça recommence.

– Ça recommence quoi ?

– *Crazy Girls*, *Serial Players* et *tutti quanti*.

– Si tu t'exprimais en français de souche, ça m'aiderait à suivre.

– Une foutue saloperie qui m'affiche sauvagement et en série des pages internet à la con. J'ai identifié les fichiers sources responsables, je les ai écrasés et ils se réinstallent automatiquement.

– Un virus ?

– Pas au sens propre du terme, mais c'est tout aussi chiant.

– Voilà ce que c'est, de visiter des sites de cul entre deux pages de rapport : on se chope tout et n'importe quoi.

– Je n'ai visité aucun site de cul depuis au moins trois siècles et demi.

– C'est ça. Et moi je suis la fille du pape et d'Alice Sapritch. Tu n'as qu'à restaurer le système tel qu'il était à une date antérieure au débarquement de tes envahisseurs.

– La dernière fois que j'ai fait ça, je me suis retrouvé avec un disque dur aussi vierge qu'une pucelle d'Orléans.

– Un souci d'informatique, je suppute, s'immisça Karine qui apportait de sa propre et judicieuse initiative deux gobelets de café fumant.

– Tu t'y connais en *Crazy Girls* ? espéra Gribovitch.

– Si c'est pour me signaler que ma tenue du

jour ressemble davantage à celle d'une danseuse légère qu'à la vêture standard d'une fonctionnaire méritante, se cabra la réceptionniste, je vous dis tout de suite que j'en ai rien à péter. On n'est pas obligé de s'habiller comme un séminariste pour recevoir les gens et répondre au téléphone, non plus.

Alex délaissa provisoirement ses soucis cybernétiques. La réaction de Karine prouvait qu'elle n'avait manifestement aucune solution à proposer pour museler les dernières exactions à la mode qui circulaient dans les tuyaux du Web.

– Je trouve que tu es plutôt sagement attifée par rapport à tes habitudes, minimisa-t-il. On ne voit pas plus de 80 % de tes nichons, et ta minijupe cache au moins les deux tiers de ta petite culotte orange fluo.

– Bon. Puisque c'est comme ça, je m'en retourne avec mes caouas.

– Ne t'occupe pas des niaiseries verbales de ce vieux pervers frustré, intervint Sophie qui ne comptait pas faire une croix sur la récréation caféinée impromptue. Moi, je le trouve très seyant, ton petit ensemble.

– Ah, s'amadoua l'épinglée en posant les deux gobelets sur un coin de bureau. Entre femmes, au moins, on se comprend.

– Surtout entre femmes dont l'une passe son

temps à étaler ses friandises perso à tout venant et l'autre à pratiquer indifféremment la voile et la vapeur, commenta Gribovitch avec toute la subtilité dont il était capable.

– Mais qu'il est con, ce con, quand il s'y met, réagit Sophie en toute légitimité.

Karine se pencha sur l'indélicat, presque à effleurer son nez trop long de ses lèvres pulpeuses et peintes en rose bonbon.

– Et si je lui roulais une pelle goulue devant vos yeux ébahis pour la remercier de son bon goût, à votre coéquipière préférée, ça vous en boucherait un coin, hein, lieutenant Gribovitch de mes deux ovaires ! La bisexualité, moi, c'est pas mon truc, mais rien que pour vous emmerder, je m'en ferais presque un plaisir.

Le début d'altercation menaçant de prendre une tournure un peu trop glissante, Sophie décida de rédiger à toute vitesse un traité d'armistice en bon uniforme.

– On va quand même pas s'étriper et encore moins faire outrage aux bonnes mœurs un mardi de Pâques, trancha-t-elle. Dis, Karine, tu sais pourquoi Griffon s'est enfermé dans son antre dès son arrivée sans même dire bonjour et n'a pas donné signe de vie depuis ?

– Ouais. Enfin, je crois.

– Mais encore ?

– Il m'a dit en passant qu'il attendait un coup de fil de Picard-Lesecq et qu'il ne fallait en aucun cas le déranger tant qu'il n'aurait pas lui-même rouvert sa porte. Je suppose qu'il est encore avec lui au bigo.

– Et quand notre cher directeur de la police tient aussi longtemps au bout du fil notre cher capitaine de la galère des Affaires Spéciales, pronostiqua Alex, c'est qu'il y a du gros temps à l'horizon pour les deux matelots du bord.

– Sans compter le simple mousse que je suis, vous êtes trois dans l'équipage, que je sache, corrigea Karine.

– Ouais, mais Anne Baroux est en congés pour quinze jours, au cas où ça t'aurait échappé.

– Ah, c'est donc pour ça que je l'ai pas vue embaucher ce matin, percuta l'oublieuse en se frappant le front d'une paume punitive.

Le pronostic d'Alex ne mit pas longtemps à se vérifier.

– Leclerc ! Gribovitch ! beugla la voix de Griffon par l'entrebâillement de sa porte enfin débouclée.

CHAPITRE VI

Griffon avait déjà massacré trois capuchons de stylo entre ses prémolaires obstinées. Les trophées déchiquetés s'alignaient sur son sous-main. C'était une hécatombe normale pour un coup de téléphone prolongé.

Le patron des Affaires Spéciales en emboucha un quatrième avant de s'intromettre sans préliminaires dans le vif du sujet.

– Un cadavre au métro Porte des Lilas, décédé de cette nuit et manifestement pas de son plein gré. Picard-Lesecq a tranché : l'affaire est pour nous.

– Je suppose que de son vivant, la victime n'était pas n'importe qui, puisqu'on hérite de la dépouille, avança Sophie.

– Déduction pertinente. Le regretté était de sexe mâle, enregistré à l'état civil sous le nom de Marc, Émilien, Robert Coutaud.

– Marc Coutaud, répéta Gribovitch. Inconnu au bataillon de mon *who's who* personnel.

– Il était nettement plus célèbre sous le nom de Marc Dilange. Et on comprend que son agent l'ait incité à prendre un pseudo. Vous imaginez les titres façon Libé : *le second Coutaud du cinéma français encore coiffé au poteau des Césars* et autres amabilités du même tonneau. Mais ce n'est pas la seule raison pour que l'enquête échoue dans notre escarcelle. Il y a peut-être du meurtre en série dans l'air. Pas besoin d'affoler toute la crème du show-biz prématurément. Dallant vous attend au Frigo en sa compagnie. Je ne m'éternise pas en détails superflus. Vu la situation, vos yeux vous en diront davantage que tout ce que je pourrais vous raconter.

CHAPITRE VII

Roger Dallant, as de la Scientifique et collaborateur régulier des Affaires Spéciales, accueillit Gribovitch et Sophie d'un sourire narquois qui s'adressait plutôt à Alex, en train de tripoter machinalement son briquet et son paquet de Gitanes blondes.

– Ça se passe comment, pour toi, fit-il d'un ton ironique, depuis que tu n'as même plus le droit d'en griller une au troquet ou au restau ?

– On s'adapte, grommela Gribovitch en faisant disparaître son attirail d'intoxiqué dans sa poche de blouson. Je t'avoue que j'ai été tenté de rejoindre le camp de ceux qui préconisent la désobéissance civique, mais vu le boulot que je fais, c'était comme qui dirait un peu délicat, comme position.

– Des tas de positions peuvent s'avérer délicates, dans la vie. Je connais notamment une nymphomane patentée qui s'est retrouvée aux urgences pour avoir tenté sans échauffement une brouette congolaise en compagnie d'un docker de cent vingt-sept kilos. L'interne de service a dû faire appel à un ostéopathe qui a mis plus de deux heures à restaurer le puzzle de sa colonne vertébrale.

– Vos considérations philosophiques sur la vie qui va sont passionnantes, les garçons, intervint Sophie, mais je crois que côté urgences, on a du plus pressé sur le gaz, non ?

– Les cadavres n'ont qu'une approche très relative de la notion d'urgence, rétorqua Dallant. Mais on va faire comme si, vu que moi, c'est pas le taf en retard qui me fait défaut. Suivez-moi. Je vous préviens, c'est pas spécialement du ragoûtant, côté visuel.

Gribovitch et Sophie lui emboîtèrent le pas…

– Ah ouais, quand même… constata Sophie d'une voix blanche.

– Technique éprouvée de l'acide de soufre, autrement dit du bon vieux vitriol. Le tampon sur ce qui lui reste de front, on verra ça plus tard. Commençons par le coup fatal proprement dit. La destruction du visage a eu lieu *post mortem*. Toujours ça de pris pour lui. Tant qu'à souffrir le martyre, autant que ça se fasse une fois qu'on est mort. C'est nettement moins douloureux.

– Ton humour est toujours aussi délicat, marmonna Sophie.

– On fait ce qu'on peut avec ce qu'on a. Le coup fatal, donc. Arme blanche. Enfin, façon de parler. Vu les dimensions du trou à la base de la cage thoracique, j'opterais pour une pique à brochette pourvue d'un solide manche en bois, du genre de celles qui se vendent avec les barbecues haut de gamme. L'autopsie confirmera. En tout cas le cœur a morflé sans sommation. Décès instantané.

– Commet peut-on être sûr qu'il s'agit bien de l'acteur Marc Dilange ? demanda Gribovitch. Sa tronche est méconnaissable.

– Premièrement, répondit Dallant, il avait ses papiers sur lui, au nom de son vrai patronyme. Mais je te concède que l'argument n'est pas suffisant. Il se trouve que j'ai vu son dernier film, où il culbute en tenue d'Adam une jeune comédienne dont j'ai bouffé le nom. La presse *people* l'a interrogé sur l'authenticité du tatouage en forme de mygale sur sa fesse gauche. Il a confirmé. Vous voulez que je le retourne pour constater *de visu* ?

– On te croit sur parole, trancha Sophie. Ce tampon sur le front, alors ?

– Vu que son cadavre gisait en bas de l'escalier d'une bouche du métro Porte des Lilas, je n'hésite pas à baptiser sa meurtrière du sobriquet tout à fait indiqué de « tamponneuse des Lilas ».

– À part tes jeux de mots vaseux dignes de ceux de Gribo, comment sais-tu qu'il s'agissait d'une femme ?

– Parce que le filtre de la clope à peine entamée qu'on a trouvée près du corps était graissé de rouge à lèvres et que Dilange avait encore son briquet en main. Scénario classique : la fille lui demande s'il a du feu, il en a, elle lui plante sa pique à brochette dans le bide pendant qu'il lui offre sa flamme.

– Qui a découvert le corps ? fit Alex.

– Un jeune type qui descendait pour prendre le métro. Aucun intérêt. Monsieur Tout le monde. Elle t'intéresse pas, mon histoire de tampon ?

– Si, mais vu ce que nous a dit Griffon sur l'hypothèse d'un début de série, mon sens logique a déjà tilté. « 01 », ça ressemble furieusement à l'inauguration d'un numérotage en règle.

– C'est tout à fait envisageable, en effet. Et le vitriolage de la gueule d'amour du jeune premier laisse augurer d'un recrutement des futures éventuelles victimes de manière un peu plus ciblée que dans l'annuaire. Message à peine subliminal : « Je commence par celui-là, j'efface son signe extérieur de notoriété pour le rabaisser au statut de cadavre lambda, et les suivants joueront dans la même catégorie. »

– Sauf s'il ne s'agit que d'une mascarade pour dissimuler un mobile beaucoup plus personnel, évoqua Sophie.

– Ça, c'est votre boulot de l'éclaircir, pas le mien. Mais restons dans la perspective d'une chasse en règle dans le cheptel des célébrités. La meurtrière aurait pu se contenter de tamponner un « 1 ». Or elle l'a précédé d'un zéro. Vous voyez ce que je veux dire ?

– La série complète ira jusqu'à deux chiffres, ce qui nous laisse une fourchette entre dix et quatre-vingt-dix-neuf victimes.

– Exactement. Si la piste se confirme, on a affaire à une plaisantine qui a décidé de s'amuser avec les flics et qui nous le fait d'emblée savoir.

– Je crois que je préfère l'hypothèse d'un mobile plus personnel, marmonna Alex.

Un ange passa. Il sentait le formol.

– Griffon a été succinct avant de nous envoyer ici, reprit Sophie à l'attention de Roger Dallant. Tout le monde sait que Dilange était en tournage en décors réels à Montmartre, ces temps-ci. Tu sais comment Picard-Lesecq s'est démerdé pour justifier son absentéisme soudain le temps qu'on commence à débroussailler ce sac de nœuds ?

– Caprice de star. Dès cet après-midi, les radios feront leurs choux gras d'une fugue amoureuse à l'autre bout du monde en compagnie d'une illustre inconnue.

– À part son portefeuille avec ses papiers, zappa Gribovitch, il y avait un portable dans les poches du cadavre ?

– Oui. J'ai déjà relevé les empreintes, sans résultat. Il est donc à votre disposition.

CHAPITRE VIII

Gribovitch fit un détour par la « terrasse » d'un café, qui se limitait à deux tables minuscules sur un bout de trottoir, de part et d'autre d'un énorme pot de fleurs à même le sol, rempli de sable, qui servait de cendrier pour les irréductibles du goudronnage de bronches.

Quatre fessiers des deux sexes occupaient les chaises. Six autres personnes étaient debout à tirer sur leur clope. Tous arboraient le faciès renfrogné des exclus chroniques.

Pathétique.

Honteux malgré lui, Alex enfonça son mégot dans le sable.

– Ma copine m'interdit le trottoir, se justifia-t-il.

Puis il rejoignit Sophie au pied de l'immeuble.

Il était presque treize heures.

Il y avait un digicode.

Ils attendirent patiemment qu'une résidente entre deux âges fasse sa sortie et Alex dégaina sa carte tricolore dûment accompagnée de son sourire le plus amène.

Série de sonnettes près des boîtes aux lettres à l'intérieur du hall, bouclé au fond par une grille qui exigeait un second sésame.

Sophie enfonça le bouton du bas, qui correspondait contre toute logique au dernier logement, celui de tout en haut.

Aucune réaction.

– Pas étonnant, fit Gribovitch. Elle bosse à quatre arrondissements d'ici. Rarement le cas de figure où on rentre chez soi pour la pause déjeuner. On calte et on la chope à la rembauche.

– J'essaie encore une fois, insista Sophie.

L'interphone grésilla avant même qu'elle ait rappuyé sur le bouton.

– J'étais sous ma douche, s'excusa une voix. C'est qui ?

– Lieutenants de police Leclerc et Gribovitch. Vous êtes bien Camille Grimaud ?

– Jusqu'à nouvel ordre.

– On peut vous déranger un moment ?

Bref instant d'hésitation.

– Ça dépend pourquoi.

– C'est à propos d'une relation à vous, et les murs ont des oreilles incompatibles avec la discrétion d'une vie privée digne de ce nom, si vous voyez ce que je veux dire.

Hésitation nettement plus copieuse.

– OK. Montez.

La serrure électrique de la grille cliqueta son message d'accueil.

Alex prépara psychologiquement ses poumons à l'escalade de six étages sans ascenseur.

CHAPITRE IX

Malgré la légitime perplexité qui durcissait ses traits, le visage de la fille qui s'encadrait dans la porte ouverte, vêtue d'un peignoir éponge sous ses cheveux mouillés en bataille, rayonnait d'une beauté juvénile plutôt émouvante. Les informations glanées par Karine – Anne Baroux n'étant pas là pour se charger de ce genre de recherche avec sa rapidité habituelle – stipulaient qu'elle avait vingt-deux ans, mais elle en paraissait quatre ou cinq de moins.

Elle se retourna sans un mot. Sophie entra la première. Gribovitch referma la porte.

– C'est… qui vous savez qui vous a parlé de moi ? bredouilla Camille Grimaud en se laissant choir sur un pouf au beau milieu du studio, comme prise d'une immense lassitude.

– Pas vraiment, non, répondit Sophie. Il se trouve que nous avons eu son portable en main.

– Je ne suis pas dans son répertoire. Marc compose systématiquement mon numéro à la main. Il est du genre maladivement précautionneux, vous savez.

– Mais pas au point d'effacer son journal d'appels après chaque coup de fil, apparemment. Il vous a téléphoné trois fois hier.

– Et alors ? S'il a des ennuis avec la police, je ne vois pas le rapport que ça peut avoir avec moi.

– Vous avez des raisons de supposer qu'il pourrait avoir ce genre d'ennuis ?

– Ne me prenez pas pour une oie blanche, lieutenant. Les colonnes de la presse poubelle ont débordé pendant des mois de ses frasques de tous ordres, y compris sa petite faiblesse occasionnelle pour la cocaïne. Je croyais sincèrement que c'était fini, tout ça.

– Depuis qu'il vous connaît ?

– Oui. Autant vous le dire tout de suite, puisque vous n'allez pas me foutre la paix avant d'en avoir le cœur net : Marc et moi, on est ensemble depuis presque trois mois.

– Comment l'avez-vous rencontré ?

– Par hasard, dans un grand magasin où il m'a bousculée pour échapper aux paparazzi. Je connaissais une vendeuse qui nous a fait sortir par une porte dérobée. La suite… c'est privé. Qu'est-ce qu'il a fait, cette fois ?

– Rien de répréhensible à notre connaissance, intervint Gribovitch. Vous vous méprenez sur les raisons de notre visite. Nous ne sommes pas là pour ça.

Une intuition subite transforma le visage de la jeune femme en statue livide.

– Qu… ?

– Marc Dilange s'est fait assassiner la nuit dernière, à deux pas d'ici. Je suppose qu'il sortait de chez vous. Excusez la brutalité de la nouvelle, mais je crois que vous aviez déjà compris toute seule, n'est-ce pas ?

Les yeux de Camille Grimaud se révulsèrent dans ses orbites.

Sophie eut juste le temps d'interposer sa main avant que sa tête ne heurte le parquet du studio.

CHAPITRE X

Gribovitch avait allongé la jeune femme évanouie sur son lit. Sophie hésitait à tamponner son front à l'aide de la serviette humide qu'elle était allée chercher dans la cabine de douche. La seule idée de « tamponnage » associée à celle de « front » était un peu trop marquée par le contexte du jour.

– Tu aurais pu y aller un peu plus en douceur, reprocha-t-elle à son coéquipier.

– Elle avait déjà pigé et tu le sais très bien, se dédouana-t-il. Sa réaction prouve en tout cas que sa relation avec Dilange était davantage qu'une histoire de fesse, du moins pour elle. C'est toujours bon à savoir pour la suite. Une amoureuse authentique a moins tendance à raconter des salades qu'une midinette qui se sert de son cul pour accrocher des lauriers dorés au palmarès d'une existence trop ordinaire.

– Ton cynisme chronique n'a qu'un défaut, Gribo : on ne peut décemment pas te le reprocher tellement il déborde de lucidité.

Sophie reposa la serviette inutilisée sur le lit : Camille Grimaud reprenait connaissance toute seule.

– Ça va aller ?

Pas de réponse. La fille se contentait de batifoler des pupilles comme si elle découvrait un monde sur lequel elle n'avait encore jamais mis les pieds.

Sophie l'aida à se redresser assise au bord du lit. Un sein menu aussi charmant que bien proportionné profita du peignoir malmené par le transport pour prendre l'air. Camille ne jugea pas utile de le remballer en resserrant l'encolure. Dans certaines circonstances, la pudeur n'est qu'un vernis social insignifiant dont on n'a vraiment plus rien à cirer.

– Oui, ça va aller, répondit-elle à retardement. Excusez-moi. Je vous offre quelque chose ? Un café, peut-être ?

Elle était littéralement à côté de ses pompes. Son visage n'était plus celui d'une adolescente prolongée, mais d'une enfant perdue et fragile.

Gribovitch, toujours mal à l'aise dans ce genre de situation, sauta sur la perche tendue. Il avait besoin de s'occuper les mains.

– Je m'en charge, fit-il.

Et il s'isola derrière la desserte sur roulettes qui délimitait plus ou moins le périmètre du coin cuisine…

La jeune femme grimaça et reposa sa tasse. Alex avait surdosé la mouture. Erreur d'appréciation classique quand on se sert d'une cafetière qu'on ne connaît pas.

– L'assassin a été arrêté ?

– Non, pas encore, répondit Sophie.

– Comment Marc a-t-il été tué ?

– Arme blanche. Je ne crois pas qu'il soit très utile de s'attarder là-dessus pour le moment, vous vous feriez du mal pour rien.

– « À deux pas d'ici », ça veut dire quoi exactement ?

– Le corps a été découvert au pied de l'escalier d'une bouche de métro, Porte des Lilas.

La voix de Camille s'étrangla.

– C'est de ma faute. Oui… Entièrement de ma faute.

– Que voulez-vous dire ?

– Il voulait appeler un taxi et je l'ai obligé à prendre le métro. Je tenais tellement à ce qu'il se force à vivre le plus souvent possible comme tout le monde.

– Vous n'êtes pas responsable de ce qui est arrivé, il ne faut surtout pas vous mettre ça dans la tête. Les circonstances ont peut-être servi l'assassin, mais elle serait de toute façon parvenue à ses fins à un moment ou à un autre. Tout porte à croire qu'il s'agit d'un crime prémédité.

– Vous avez dit « elle ». C'est une femme ?

– Oui, selon toute probabilité. Excusez-moi de vous poser cette question, mais… est-ce que vous savez si Marc Dilange voyait toujours d'autres filles, en dehors de sa relation avec vous ? Je vous demande ça à cause de sa réputation, bien sûr.

– Je comprends très bien. Je ne peux pas en jurer à 100 %, mais je crois qu'il m'était fidèle. Avant, c'était un vrai lapin, tout le monde le sait, mais toutes ses conquêtes n'étaient que des groupies sans cervelle qui servent de décor dans les soirées parisiennes. Il en avait marre et c'était sincère. Il avait envie de vivre autre chose et le hasard a fait son œuvre, comme je vous l'ai dit. C'est cet aspect des choses qui fait que je ne peux pas être formelle. Il avait besoin de rencontrer quelqu'un en dehors de son milieu, et c'est tombé sur moi. Un amour qui répond à la nécessité d'un manque cruel, est-ce que c'est vraiment de l'amour ? Vaste question.

– Et vous, vous l'aimiez ?

– Il me semble que j'ai déjà répondu à cette

question quand je suis tombée dans les pommes, non ?

– Excusez-moi d'insister. Vous pourriez développer un peu ?

– Oui, je l'aimais. De deux façons, en fait. J'aimais comme une femme l'homme sensible qu'il était derrière sa façade de paillettes, et… comment dire… je l'aimais aussi comme une grande sœur qui veut protéger son petit frère de l'incroyable sauvagerie frelatée de l'univers dans lequel il évoluait. Je sais que ça peut paraître bizarre, vu qu'il avait dix ans de plus que moi, mais c'est comme ça. Dites…

– Oui ?

– Son assassinat a déjà été révélé aux médias ?

– Non, et ça ne se fera pas dans l'immédiat. La personne qui a découvert le corps n'a pas vu son visage, et ça nous arrange pour l'enquête que sa mort reste pour l'instant secrète. Désolée de ne pas vous en dire plus pour le moment, ça vaut mieux.

– Il tournait pour un film à Montmartre. Son absence va déclencher un tollé dans le milieu.

– Oui, mais pour un motif nettement moins tragique : fugue amoureuse sans laisser d'adresse.

– Ce ne sont pas des méthodes habituelles pour une enquête criminelle, pour le peu que j'en sais.

– Non, mais Marc Dilange n'est pas une victime ordinaire. Quelqu'un était au courant de votre relation ?

– Personne que je connaisse. Ça, j'en suis certaine.

– Vous garderez le silence ?

– …

– Faites-nous confiance, Camille. Le mieux, si vous vous en sentez capable, c'est de continuer à vous rendre à votre travail comme si de rien n'était.

– Ce problème-là ne se pose pas. Je suis en RTT pour toute la semaine dans la foulée du week-end de Pâques, comme plusieurs de mes collègues. Sans quoi vous auriez sonné dans le vide, tout à l'heure. Et maintenant ?

D'un regard muet, Sophie signifia à Camille qu'elle ne saisissait pas le sens exact de sa question.

– Comme je ne vois pas ce que je pourrais vous dire de plus pour le moment, s'expliqua celle-ci, vous allez partir et poursuivre votre enquête. Je… je ne veux pas rester toute seule, pas tout de suite. C'est au-dessus de mes forces.

– Vous n'avez personne qui pourrait se libérer pour venir vous tenir compagnie ?

– Si, bien sûr, mais qu'est-ce que je lui donnerais comme raison ? Je ne sais pas mentir, ceux qui me connaissent bien s'en aperçoivent immédiatement, et vous m'avez demandé de me taire.

L'argument était imparable et manifestement sincère. Sophie échangea brièvement un regard avec son coéquipier qui s'était tenu en retrait pour la laisser mener la conversation entre femmes.

– Je peux rester un moment avec vous, si vous voulez, proposa-t-elle. Ça nous permettra de faire un peu mieux connaissance et vous me parlerez davantage de Marc et de votre histoire. De toute façon il faut en passer par là. Je comptais vous laisser digérer la nouvelle avant de revenir vous voir pour ça, mais… Si vous êtes d'accord, bien entendu. Je ne veux pas vous mettre la pression dans l'état où vous êtes.

Entre deux filets de larmes, Camille Grimaud acquiesça d'un simple battement de paupières.

Gribovitch renfila son blouson.

CHAPITRE XI

Pas encore remise de l'agression verbale caractérisée du matin, Karine salua le retour de Gribovitch rue de Lutèce à l'arme de séduction massive, à savoir qu'elle libéra brièvement les deux obus de ses seins d'un soutien-gorge à la fois violet et transparent et les lui agita sous le nez avant de remballer tout le toutim en haussant les épaules d'un air dédaigneux.

– J'ai encore gagné, persifla Alex.

– Comment ça ? s'étonna la réceptionniste.

– Stratégie en trois temps. Je te fais monter les sangs, je te laisse mariner, et pas manqué : dès que l'occasion se présente, tu crois te venger et en fait tu m'offres sur un plateau le plus joli spectacle de ma putain de journée.

– Salaud de stratège de mes fesses !

– Merci du compliment.

– Ils sont si jolis que ça, mes nichons ?

– La plus belle paire que j'aie jamais rencontrée, et je m'y connais.

– Le boss m'a dit de vous dire qu'il voulait vous voir dès votre retour.

– Je sais, il vient de m'appeler sur mon portable.

– Alors ça sert à quoi, qu'il me dise de vous passer le message !

– Je me le demande aussi. Il n'est plus tout jeune. Sans doute un trou de mémoire.

– Vous n'avez plus vingt ans non plus. D'ailleurs j'en suis à me poser la question de savoir pourquoi je me suis laissée aller à fricoter avec un vieux comme vous à une certaine période que je préfère oublier[1]. Je devais pas avoir toute ma tête, à cette époque-là.

– Ça, c'est de la vraie vengeance de derrière les fagots. Tu fais des progrès…

– Quand je vous vois tout seul, Gribovitch, avec votre allure d'ado sur le retour, ça me donne l'impression d'avoir la visite de Peter Pan qui aurait encore une fois perdu son ombre.

– Premièrement, patron, Sophie serait enchantée de savoir que vous la considérez comme un simple ectoplasme. Deuxièmement, faudrait sa-

1. Voir *l'Île aux treize corps*, Police des Mœurs n° 181.

voir : on vient juste de me rappeler que je n'étais plus de première fraîcheur.

– Tout point de vue est relatif, ça dépend de l'âge des yeux qui regardent. Où est Leclerc ?

– J'ai oublié de vous le dire au téléphone : elle est restée avec Camille Grimaud. La petite a morflé sévère en apprenant la mort de son prince charmant, et c'était pas du flan. Vous connaissez Sophie : elle saura tirer profit de la situation tout en effectuant sa BA du jour. Le beurre et les épinards dans la même assiette, en quelque sorte.

– Quel genre de beurre à espérer, d'après vous ?

– Camille nous a avoué qu'elle ne savait pas mentir, et en même temps qu'elle était sûre que personne de son entourage n'était au courant de son idylle avec l'acteur. C'est un tantinet contradictoire, puisque la meurtrière savait ou attendre sa victime.

– Elle s'est peut-être tout simplement contentée de lui filer le train à plusieurs reprises pour organiser un guet-apens dans les règles de l'art.

– Possible, mais je n'y crois pas. Un *people* aguerri au jeu du chat et de la souris avec les paparazzi a nettement plus de flair dans ce domaine que le péquin lambda. Quoi qu'il en soit, on peut compter sur Sophie pour lever le lièvre s'il y en a un à dénicher. C'est quoi, la confirmation que vous attendiez ?

– Celle du feu vert de Picard-Lesecq pour une visite de courtoisie discrète à l'appartement de Dilange. Il vient juste de me la donner. Pour une fois que vous serez couvert en faisant usage de votre rossignol, ça vous changera.

– Les photographes doivent déjà faire le siège du bâtiment. Pas facile de raser les murs dans ces conditions.

– Dilange est censé s'être envolé au bout du monde avec une quelconque pétasse. Je ne vois pas ce que les journalistes auraient à gagner en s'agglutinant au pied de son pigeonnier.

– Vous êtes encore très jeune d'esprit malgré l'âge de vos artères, patron, avec la naïveté qui va avec. Balancer sur les ondes la rumeur d'une escapade aux antipodes, alors qu'on reste tranquillement chez soi pour lutiner sa dulcinée du moment, c'est l'ABC de la désinformation et du noyage de poisson. Il y aura une flopée de photographes, je vous le garantis.

– Ah bon, vous croyez ?

– Aussi ferme qu'un mandrin sous Viagra.

– Allez toujours jeter un coup d'œil dans le quartier, et vous aviserez par vous-même. Mais si vous avez raison, pas de risque inutile. Une couverture labellisée Picard-Lesecq, c'est aussi léger que du papier à cigarettes. Au moindre coup de vent d'adversité, *pfuit*, plus rien.

Gribovitch ne jugea pas utile de confirmer l'évidence. Il salua de deux doigts et rebroussa chemin.

Quand il repassa par la réception, Karine lui déballa carrément ses fesses, cette fois.

Sur l'une, elle avait écrit « attention », et sur l'autre « chat méchant ».

Au Stabilo rose fluo.

CHAPITRE XII

– Vous êtes lesbienne ou bisexuelle ?

Sophie en resta bouche bée. Ce n'était pas la première fois qu'une fille s'apercevait de sa petite faiblesse, loin de là, mais l'état de détresse psychologique dans lequel se trouvait Camille Grimaud n'était a priori guère compatible avec ce genre de perspicacité.

À moins que…

Ce type de diagnostic à l'emporte-pièce est plus facile à établir de la part d'une coreligionnaire.

– Bi, précisa la démasquée. Et vous ?

– Je l'étais aussi à l'occasion avant de rencontrer Marc, confirma Camille. La façon dont vous avez regardé mon sein, tout à l'heure… Même en pleine crise de larmes… Bon, je m'en suis rendu compte, quoi. On va pas en faire un fromage.

– C'est vous qui en parlez, pas moi, signala Sophie.

– Je sais. Excusez-moi. C'est… Bon sang, je ne sais vraiment plus où j'habite. La mort de Marc… Assassiné, en plus… Quand je suis stressée, je dis parfois n'importe quoi.

– Y a pas de mal, assura Sophie. Vous devriez manger quelque chose. Dans un cas pareil, rien de tel que se lester l'estomac. Et si possible avec autre chose que du café trop fort.

– Je suis incapable d'avaler quoi que ce soit de solide. Et de toute façon, hier soir, Marc s'est approprié la dernière ressource de mon frigo-congélo.

– Je peux descendre acheter ce qu'il faut à l'Arabe du coin de la rue, si vous voulez ?

Une lueur de panique incendia les yeux de Camille, déjà rougis par les larmes.

– Non ! Je n'ai pas faim, je vous dis !

Sophie soupira.

– Désolée d'être aussi directe, mais si je peux rester un moment avec vous, ça ne veut pas dire que je vais vous servir de nounou sans vous quitter d'une semelle jusqu'à ce que vous ayez repris du poil de la bête.

– Je sais, mais… c'est plus fort que moi.

– Ou alors vous avez une raison de redouter de vous retrouver toute seule maintenant que vous savez ce qui est arrivé à Marc Dilange. Si c'est le cas, il faut me le dire, Camille.

– Non, c'est pas ça, je vous jure. C'est juste que…

La jeune femme se leva du lit, où elle était toujours assise depuis le départ de Gribovitch.

Elle défit lentement la ceinture de son peignoir qui glissa à ses pieds.

– Faites-moi du bien, supplia-t-elle d'une voix presque enfantine. Après, ça ira mieux, beaucoup mieux, j'en suis sûre. Je retrouverai ma tête pour vous parler de Marc, et j'espère de toutes mes forces que ça pourra vous aider à arrêter sa meurtrière.

De plus en plus étonnée et perplexe, Sophie vrilla son index dans sa frange brune.

– Vous avez le deuil plutôt rapide, pour ce qui concerne la bagatelle, persifla-t-elle.

– Vous êtes une femme, se dédouana Camille d'une voix à présent lascive. Coucher avec une femme, ce n'est pas tromper la mémoire de son amant. Enfin, moi, c'est comme ça que je le sens, et j'en ai vraiment besoin, terriblement besoin.

Sophie, assise sur le pouf face à la coquine qui commençait déjà à se caresser, serra insensiblement les cuisses au fur et à mesure que la main de Camille s'infiltrait de plus en plus profondément entre les siennes.

– Putain, il n'y a qu'à moi que ça arrive, ce genre de…

Elle n'eut pas le loisir de terminer sa phrase : Camille s'était jetée sur elle, l'avait culbutée à même le parquet et se vautrait de tout son long contre son corps en l'embrassant à pleine bouche.

L'appel des hormones avait sonné, il n'y avait plus qu'à s'exécuter.

CHAPITRE XIII

Gribovitch s'adossa à un réverbère et alluma une Gitane blonde.

À une cinquantaine de mètres, au cœur du Marais, s'élevait la façade du vieil immeuble que Marc Dilange avait acheté dans sa totalité. Il ne payait pas de mine. L'acteur n'en avait rénové que le dernier étage, transformé en loft bobo-bling-bling dont les photos avaient foisonné dans les pages des magazines à l'époque où il était encore en bons termes avec la presse *people*. Tout le reste était inoccupé. L'entrée en était surveillée en permanence par un couple de malabars, histoire d'empêcher les candidats au squat d'investir la place et autres visites encore plus dommageables à sa tranquillité.

De notoriété publique, Dilange n'y séjournait presque jamais, préférant les palaces parisiens, mais la fausse information d'une escapade amoureuse en plein tournage avait bien produit l'effet pressenti par Alex : à tout hasard, on avait envoyé du monde patauger dans le Marais, au cas où l'anguille serait en fait cachée tout au sommet de la roche.

Gribovitch repéra un à un quatre paparazzi au sac rebondi en bandoulière. Puis trois autres, un peu plus discrets. Statistiquement, il y en avait au moins autant pour l'instant invisibles.

Plus les deux matons en poste sous le porche, ça faisait beaucoup.

Il décida d'attendre la nuit, que la lassitude s'installe et que les rangs commencent un peu à s'éclaircir.

Pas la peine de s'éterniser dans le coin d'ici là, au risque de se faire repérer à son tour.

En rebroussant chemin, il appela le portable de Sophie pour savoir où elle en était.

Rafale de sonneries dans le vide puis répondeur. Il raccrocha sans laisser de message.

Quand elle faisait la morte de cette façon, ça voulait dire à la fois « RAS » et « je suis trop occupée pour te répondre ».

Sans doute à essayer de tirer les vers du nez tout à fait charmant de Camille Grimaud, s'il y en avait à tirer.

CHAPITRE XIV

Définitivement convaincue qu'il ne servait à rien de lutter – sous peine de braquer l'excitée qui se refermerait comme une huître –, Sophie ignora la sonnerie de son portable et mit son esprit au diapason de son enveloppe charnelle.

Il aurait d'ailleurs été difficile de résister à l'inclinaison vertigineuse de la planche savonneuse : Camille lui avait arraché ses vêtements les uns après les autres et la malaxait, la léchait, la mordillait partout où il y avait du répondant à ce genre de sollicitation, c'est-à-dire la quasi-totalité des centimètres carrés de son épiderme rompu aux subtilités plus ou moins subtiles des amours saphiques, sans oublier diverses anfractuosités nettement plus intérieures et pas moins réactives.

Conséquence inéluctable : la double mayonnaise montait à vitesse grand V, et celle du métabolisme de Sophie ne tarda pas à grignoter le retard à l'allumage somme toute insignifiant par rapport au taux de combustion de son hôtesse incendiaire.

Du commun accord de leurs regards mêlés, elles décidèrent que le confort du lit serait mieux adapté à la situation que la rudesse spartiate du parquet.

Quand Sophie s'y laissa choir les bras en croix, l'énervée la cloua littéralement à la couette d'une langue vrillée à cœur de foufoune et de deux doigts volontaires plantés sans sommation très loin entre ses fesses.

L'orgasme fut à la hauteur du double stimulus : titanesque et infiniment riche en sensations post-cataclysmiques.

– À moi maintenant, à moi ! s'emballa Camille qui s'offrit dans la même position, reins cambrés, ventre frétillant, seins dressés vers le plafond tous tétons dehors.

Sophie se rappela à l'occasion que c'était la jeune femme qui avait demandé la première qu'on lui fît du bien, alors que jusqu'ici c'était plutôt le contraire qui s'était produit.

– Tu veux jouir, ma cochonne, lui susurra-t-elle à l'oreille, eh bien tu vas jouir comme jamais un mec ne t'a fait jouir, tu peux me croire sur parole.

– Je te crois, oui je te croaaaaaaa !!! concéda l'impatiente sans la moindre retenue tandis qu'une langue tout aussi avide que la sienne – et nettement plus expérimentée – entreprenait de lui laper le clitoris tel l'appendice buccal d'une chienne gourmette qui vient de dérober une tranche de foie gras truffé au buffet d'anniversaire de sa maîtresse chérie.

CHAPITRE XV

Finalement, Gribovitch n'attendit pas la nuit pour retourner à pied d'œuvre. Karine, qui écoutait à l'occasion, quand le travail ne se bousculait pas au portillon, l'oreillette bluetooth de son portable qui faisait évidemment lecteur MP3, photo-vidéo, radio FM, télévision mais elle n'avait pas pris l'abonnement, etc. – et accessoirement téléphone –, l'avait informé dès son retour rue de Lutèce – grâce à la fonction radio FM – d'une rumeur pressante qui galopait dans Paris, selon laquelle Peggy Petford, la nouvelle verrue médiatique qui cumulait en son explosive petite personne toutes les inénarrables qualités de Britney Spears et Paris Hilton réunies, avait réservé en urgence une modeste suite à six mille euros la nuitée au Crillon.

Du coup, tous les paparazzi d'Île-de-France et d'ailleurs avaient forcément été aimantés par l'irrésistible force d'attraction de la place de la Concorde, ce qui changeait radicalement la donne d'une petite visite aussi discrète qu'indiscrète au loft haut perché de feu Marc Dilange.

Effectivement, plus l'ombre d'un œil potentiellement prolongé de sa prothèse téléobjective à l'horizon. Seuls les deux malabars de service poireautaient toujours sous le porche. Ils avaient l'air de s'ennuyer ferme.

Manœuvre de diversion impérative, car aucun autre accès à l'immeuble n'était possible – les deux portes à l'arrière du bâtiment, ainsi que toutes les fenêtres du rez-de-chaussée et même du premier étage, étaient condamnées de l'intérieur par des panneaux d'acier.

Alex s'était organisé en conséquence : deux petites frappes déguisées en SDF consciencieusement avinés, qui lui devaient la monnaie d'un service, patientaient à proximité. Il leur adressa un simple signe de la main pour déclencher le branle-bas de combat et s'approcha en rasant les murs pour être à portée d'oreille et ne pas louper la brève opportunité le moment venu…

*

– Alors les tafioles, on se la joue rendez-vous sous le porche pour se rouler des pelles dans le quartier des pédés ?

Planqué à l'angle de la rue perpendiculaire, Gribovitch alluma tranquillement une Gitane blonde. Il reconnaissait bien là toute la ressource verbale pétrie de délicatesse du prénommé Luigi, et attendit la relance de son comparse Momo, qui bizarrement ne se prénommait pas Maurice mais Patrick.

Ça ne tarda pas.

– Avec vos tronches de culs de poule, vous êtes trop les rois du suçage de queue. La mienne, ça vous dit ?

Alex risqua un œil : Momo s'était débraguetté pour joindre le geste à la parole.

Effet garanti. Les deux matons, sachant que leur patron n'était pas au pigeonnier, n'hésitèrent pas à déserter momentanément leur poste pour se lancer à l'assaut des deux mal-polis qui, heureusement pour leurs abattis, savaient se servir de leurs jambes aussi bien que de leur langue.

À peine un couple de minutes pour faire rendre raison à la serrure, mais c'était jouable.

Pour la sortie, il suffirait de réactiver Luigi et Momo d'un coup de portable.

CHAPITRE XVI

Pourtant rompue à ce genre d'exercice physique, Sophie n'en pouvait plus d'une apnée à répétition qui lui autorisait à peine une goulée d'air digne de ce nom toutes les trente secondes. La cause en était Camille, aux doigts vrillés dans ses cheveux, qui lui interdisait de refaire durablement surface même après un orgasme.

Sophie lui en avait pourtant déjà prodigué une bonne douzaine de très belle facture, mais l'insatiable en voulait encore et toujours plus.

Douloureuse moralité : mâchoire inférieure tétanisée par une ouverture nettement trop prolongée.

Un petit avantage malgré tout : Sophie n'avait plus à frétiller volontairement entre les lèvres ruisselantes du sexe en folie ; sa langue à l'agonie tremblait toute seule.

Hop, un doigt à cœur de sphincters.

Deux, finalement.

Camille explosa encore, mais en silence cette fois.

De toute évidence, ses cordes vocales trop sollicitées avaient décidé, comme leur propriétaire, de prendre leurs RTT, du moins dans ce registre particulièrement gourmand en décibels.

– Bon, essaya Sophie qui avait un mal fou à articuler, on va peut-être s'en tenir là pour aujourd'hui, non ?

– Parce qu'il y aura un demain ? susurra la jouisseuse qui faisait la planche dans sa sueur.

– C'était juste une façon de parler. Une petite parenthèse thérapeutique, ça doit se refermer. Et si on la rouvre, quoi que tu en dises, ta fidélité trop vite battue en brèche à la mémoire de ton chéri en prendra un coup dans l'aile et ça te bouffera la cervelle pour des semaines.

– Tu as raison, admit Camille en se redressant contre l'oreiller adossé à la cloison, qui avait miraculeusement échappé au saccage général de la literie.

Un bon quart de litre de sueur accumulée au niveau des clavicules en profita pour dévaler entre les seins jusqu'à l'entrecuisse.

– Oups, sembla regretter Camille. On dirait que ça a éteint le feu.

Sophie, elle, ne regretta rien du tout.

– On peut parler, maintenant ? soupira-t-elle.

– Je veux bien, oui. On commence par quoi ?

– On reprend tout à zéro depuis ta rencontre fortuite avec Marc, mais cette fois avec tous les détails, même ceux qui te paraîtraient insignifiants. La meurtrière savait où attendre sa victime. Si c'est une indiscrétion involontaire de ta part qui a pu transpirer au-delà de ton entourage, il faut absolument qu'on mette le doigt dessus.

– Mais j'ai déjà dit que personne n'était au courant ! Même mes amis proches.

– Et tu as également dit que tu ne savais pas mentir.

La jeune femme hocha plusieurs fois la tête en grimaçant.

– Mouais, évidemment, fit-elle pour elle-même.

Puis elle se secoua.

– C'était un samedi après-midi, vers seize heures. Il y avait un monde fou au BHV, et…

CHAPITRE XVII

Gribovitch se gratta la patinoire à poux d'un majeur sceptique.

Si la serrure d'en bas n'avait posé aucune difficulté, le problème qui s'offrait à présent était du genre insurmontable, même pour le plus perfectionné des rossignols manié par les doigts les plus experts : la porte du loft proprement dit était blindée comme un char Leclerc, le genre d'artefact à ancrages multiples qu'un an de SMIC ne suffirait pas à financer. Certes un outillage poids lourd pouvait en venir à bout en quelques minutes, mais Alex n'avait pas l'équipement sur lui et une telle alternative était de toute façon incompatible avec la discrétion requise.

À moins que…

Il pesa du poing aux deux tiers de la hauteur, puis du genou à égale distance de la poignée.

Sourire soulagé.

Rien n'était verrouillé, la porte avait seulement été claquée.

Deux options : soit la dernière personne qui était sortie de l'appartement (peut-être une femme de ménage) était du genre tête en l'air ou bien exagérément confiante en la nature humaine, soit il y avait quelqu'un à l'intérieur.

Gribovitch colla son oreille contre le panneau métallique.

Aucun signe de vie de l'autre côté.

Après tout, Dilange n'avait peut-être pas jugé utile de boucler à double tour vu qu'il payait des sbires pour veiller au grain de son pigeonnier, et cela malgré le prix de son installation sécuritaire.

L'adage se vérifiait une fois de plus : les riches sont moins regardants à la dépense que les fauchés (sauf ceux qui veulent rester riches, bien entendu).

En deux vocalises de rossignol, l'huis s'effaça dans le silence gras de ses gonds lubrifiés…

Impressionnant.

L'option femme de ménage était à évacuer d'emblée : même à l'article du surendettement en phase terminale, personne n'accepterait de tenter la moindre velléité de maniage de plumeau dans une telle pétaudière.

Primo parce que ça sentait le vieux vomi et la poubelle hors d'âge, ce qui n'engageait guère à l'ardeur à la tâche.

Gribovitch panoramiqua de ses lunettes de myope éberluées sur l'ampleur du désastre, dont les stigmates assenaient une vérité incontournable : si Dilange disposait dans Paris d'un pied-à-terre un tant soit peu intime et potentiellement intéressant pour un flic en chasse, ce n'était certainement pas ici. Le loft n'était qu'un trompe-l'œil destiné à la presse, qui avait au moins une fois servi de cadre à une orgie mémorable.

Vu les odeurs, ça remontait à un bail.

Peut-être à avant la rencontre de l'acteur et de Camille Grimaud.

Le cœur dans la bouche, Alex ressortit sur le palier et tira la porte derrière lui.

Puis il dégaina son portable en commençant à descendre les escaliers.

Le moment était venu pour Luigi et Momo de jouer le second et derrière acte de leur représentation du jour.

CHAPITRE XVIII

– Je peux débaucher ? sollicita Karine qui avait déjà enfilé son perfecto en poil synthétique de toutes les couleurs. C'est pas que je veux tirer au flanc, c'est qu'une copine a repéré une fringue tout à fait adaptée à mon style dans une boutique et que si j'interviens pas en urgence, elle va me passer sous le nez.

– C'est en effet un cas de force majeure, admit Griffon qui venait juste d'accueillir Gribovitch dans son bureau pour faire le point. Allez-y.

– Saint-Cloud Ménilmuche, patron, remercia la réceptionniste.

– Pasqua, rétorqua Griffon dont les références dataient un peu.

Puis il emboucha un capuchon de stylo neuf.

– Alors ?

– On pourrait peut-être attendre Sophie, suggéra Alex.

– Vous avez des nouvelles ?

– Elle vient de me textoter qu'elle serait là dans cinq minutes.

– Alors on l'attend…

Sophie s'affala sur la chaise offerte, manifestement exténuée.

– L'interrogatoire a été quelque peu difficile à gérer ? s'enquit Gribovitch qui avait sa petite idée sur la question.

– Difficile n'est pas vraiment le mot. Disons plutôt… éprouvant. Sans compter que Camille a recommencé à paniquer quand je me suis rhab… relevée pour partir. Mais elle s'est calmée, ce qui ne l'a pas empêchée de vérifier deux fois qu'elle avait bien bouclé sa serrure derrière moi. La personnalité de cette fille est bizarre. Intelligente, fine comme une belette, très mature sur certains points, et en même temps une gamine attardée qui perd complètement le contrôle pour un oui ou pour un non.

– Vos efforts pour cerner la psychologie des gens sont méritoires, Leclerc, s'impatienta Griffon, mais si vous en veniez au fait ?

– Elle a fini par avouer d'elle-même qu'elle aurait pu laisser entendre à certains de ses amis, sans le dire vraiment, que son histoire avec Marc

Dilange ne s'était pas limitée aux péripéties du BHV. D'autant que la vendeuse qui les a fait sortir discrètement n'est pas une simple connaissance. Elle fait partie de son cercle intime. Vous voyez le topo. Il y a forcément eu des fuites, qui sont peut-être arrivées aux oreilles de notre tamponneuse d'une manière ou d'une autre. De là à trancher entre le crime à mobile classique déguisé et la simple opportunité à saisir dans le cadre d'une première victime de meurtres en série, il y a une marge. En tout cas je suis sûre d'une chose : Camille Grimaud n'a rien à se reprocher au-delà de son indiscrétion. Elle n'a pas le profil et sa douleur d'avoir perdu son amoureux est tout ce qu'il y a de sincère.

– Encore de la psychologie, marmonna Griffon. Ça manque un peu de concret, tout ça.

Il tourna vers Alex des yeux expectatifs.

– Désolé, fit celui-ci. Ma petite visite de courtoisie au loft n'a rien donné. En fait, pour être précis, je suis ressorti à peine entré.

– Vous n'avez pas fouillé !

– Non. L'ambiance ne s'y prêtait pas et cet endroit n'est qu'un leurre. Si on veut fouiner dans l'intimité de notre acteur décédé, ce n'était pas la bonne adresse.

– Merde !

– Comme vous dites.

– Et pourtant, il va bien fa…

Griffon n'acheva pas, dérangé par la sonnerie du fixe de son bureau.

Il prit l'appel.

Son visage se décomposa au fil de l'écoute.

– C'était Picard-Lesecq, dit-il d'une voix blanche en raccrochant. La tamponneuse a remis ça. Métro Porte de Versailles, cette fois. Même mode opératoire, même genre de victime.

– Qui ?

– Jérôme Spaldi, le chanteur de variétés, dont tout le monde sait qu'il se grimait pour passer inaperçu et mener une vie normale. Identité de la victime tenue secrète pour le moment, comme pour Dilange, mais ça n'empêchera pas la psychose du serial killer de commencer à s'installer. Inutile de vous pointer là-bas, il y a déjà des journaleux incompatibles avec notre goût de l'intimité. Dallant est sur site. On aura son rapport complet demain matin.

– Et nous, on fait quoi ? s'enquit Sophie.

– Vous rentrez chez vous et vous vous tapez une bonne nuit de sommeil. Un flic efficace est un flic qui dort, et je sens qu'on va avoir besoin de toutes nos ressources pour démêler ce merdier.

CHAPITRE XIX

Rue Saturnin-Bernache, à deux pas de Bastille, la maison qu'Alex et Sophie occupaient en copropriété, chacun sa moitié sauf la cuisine commune, offrait l'alternative de ses deux portes symétriques, de part et d'autre du portail d'un garage recyclé en remise à tout et n'importe quoi depuis qu'ils avaient renoncé à posséder une voiture personnelle.

– Chez toi ou chez moi ? demanda Sophie, fidèle au rituel qui visait à élire le salon de l'un ou de l'autre pour l'apéro du soir.

– Chez moi, trancha Gribovitch en dégainant son trousseau de clés.

– Pourquoi ? Normalement, c'est mon tour, non ?

– Parce que j'ai décidé de suivre à la lettre le conseil de Griffon.

– Je vois pas le rapport.

– Moi, si. Apéro vite fait, et après je m'offre un plateau télé genre chips pur gras sans débander de mon canapé et je me mate les derniers épisodes de mon DVD intégral de *Thierry la Fronde*[1] avant de filer sous la couette. Si toi ça te dit de cuisiner de la vraie bouffe, c'est ton affaire.

– Y a rien dans le frigo. Je pensais plutôt à ressortir grignoter des tapas dans le quartier.

– Sans moi.

– Avec l'âge, tu deviens casernier, Gribo, comme disait mon vieil oncle retraité de l'Armée.

– Ah, tu crois ?

– Ouais.

1. Voir *Mi-figue mi-résille*, Police des Mœurs n° 185.

CHAPITRE XX

Cette fois, Gribovitch s'abstint de tout commentaire sur le truc invraisemblable que portait Karine en guise de minirobe – sans aucun doute l'acquisition qui avait motivé la veille sa requête d'un abandon de poste prématuré. Trouver des mots pour décrire ce machin, à une heure aussi matinale, tenait d'un défi qu'il se sentait incapable de relever.

C'était également le cas de Sophie, qui se contenta d'un clin d'œil en forme de bonjour à la réceptionniste et emboîta le pas à son coéquipier, direction le bureau de Griffon…

Roger Dallant était là en personne pour procéder de vive voix à la livraison du rapport attendu.

– Même technique de la cigarette abandonnée sur place, attaqua-t-il sans préambule, avec le même rouge à lèvres sur le filtre, et sans aucun doute le même ADN quand les résultats seront tombés.

– L'arme du crime ? s'enquit Sophie pour la forme.

– Identique elle aussi. Idem pour le visage consciencieusement vitriolé et pour le tampon frontal. Il y a cependant une différence entre les deux cas de figure, et elle est de taille.

– Sur le front de Dilange, c'était « 01 », et sur celui de Spaldi, c'est « 02 », enchaîna Alex qui connaissait son vieux compère par cœur.

– Exactement !

Sophie hocha la tête et laissa échapper un soupir consterné.

– Roger, s'agaça Griffon, je vous fréquente depuis assez longtemps pour savoir que si vous vous êtes déplacé jusqu'ici après une nuit sérieusement écourtée, ce n'est pas pour nous faire part d'un compte-rendu rigoureusement identique au premier, qui aurait pu faire l'objet d'un simple fax.

– Effectivement, concéda l'as de la Scientifique avec cette petite lueur dans le regard qui laissait espérer de l'info de premier choix.

– Mais encore ?

– Vous venez de prononcer vous-même le mot crucial : « identique », que j'avais d'ailleurs déjà sollicité pour qualifier l'arme de ce second meurtre. Si vous recherchez des synonymes de cet adjectif grâce à un logiciel de traitement de texte un tant soit peu documenté, vous obtiendrez les mots « pareil », « semblable », « similaire », « conforme », « analogue », « comparable ». Je vous épargne la liste complète car la langue française, comme toutes les langues latines et donc bavardes par nature, est très riche en multiples façons de raconter la même chose.

– Dallant, vous êtes épuisant.

– Ce qu'il veut dire, intervint Gribovitch, c'est que la pique à brochette qui a dessoudé Spaldi était du même modèle que celle utilisée pour Dilange, mais que ce n'était pas la même.

– Tout à fait, confirma Roger. Blessure parfaitement identique – excusez-moi pour la répétition –, mais les infimes particules de bois que j'ai relevées sur les vêtements des deux victimes trahissent certes la même essence utilisée pour la fabrication du manche, mais issue de deux arbres différents. Et là, si vous me le permettez, j'outrepasse brièvement le rôle qui m'est imparti et j'ose empiéter sur le vôtre pour émettre une hypothèse.

– Émettez, Dallant, émettez, soupira le patron des Affaires Spéciales.

– Douze.

– Douze quoi ?

– J'ai vérifié cette nuit sur Internet. Ce genre d'ustensile se vend par jeu de quatre, six, huit ou douze unités. Partant du fait que le numérotage laisse envisager un nombre de victimes égal ou supérieur à dix, pour moi, le message est clair : il y en aura douze, chacune exécutée à l'aide d'une pique à usage unique. Sauf si tout ça n'est qu'une sinistre mascarade pour noyer l'un des poissons dans la nasse et que la meurtrière ne juge pas utile d'aller jusqu'au bout de la partie, évidemment.

Un ange passa. Il n'avait pas l'air très catholique.

CHAPITRE XXI

Elle se leva et s'étira.

Comme elle dormait toujours toute nue, et que par mesure d'économie elle ne chauffait plus sa chambre de bonne dès le 15 mars quoi qu'il en soit de la météo, la légère fraîcheur titilla les pointes de ses seins qui se mirent à bander en guise de réponse spontanée.

Elle leur rappela sans sommation les règles de la discipline en les comprimant des paumes et en tournant plusieurs fois, car, s'il lui arrivait assez fréquemment de profiter de cette réaction purement physiologique de ses tétons pour la détourner vers des destinations que tout un chacun peut imaginer, ce matin, elle n'avait pas spécialement envie de se faire du bien.

Du moins pas de cette façon-là.

Elle jeta un œil à son radioréveil.

Neuf heures sept. Elle avait super bien dormi.

Un bon cacao au lait entier, accompagné d'une pita légèrement humidifiée et passée au grille-pain, puis ouverte et graissée de beurre et de confiture de pêche, rien de tel pour conclure une bonne nuit de sommeil et attaquer une nouvelle journée.

D'autant que celle d'hier, et encore la précédente, s'étaient achevées on ne peut mieux.

Elle hésita.

Enfiler un peignoir, car il faisait vraiment un peu trop frais, ou bien rester comme ça ?

Elle opta pour la prolongation de la tenue d'Ève au moins le temps du petit déjeuner. Elle aimait bien vivre à poil. La plupart du temps elle se faisait des films : elle s'imaginait des yeux concupiscents de mateurs invisibles qui ne la lâchaient pas d'une semelle.

Même quand elle se faisait du bien avant de s'endormir ou en se réveillant – ce qu'elle n'avait pas fait ce matin –, elle se les imaginait, les regards des mateurs invisibles. Jamais quand il y avait un homme ou une femme dans son lit, en revanche. Dans ces cas-là, les yeux du mec ou de la fille lui suffisaient.

Elle en avait besoin, des yeux des autres, réels ou imaginaires. Après tout, se disait-elle souvent en guise d'excuse, quand on est aussi jolie que moi, c'est normal d'aimer être regardée. C'est une sorte de cadeau qu'on fait aux gens, et à soi-même en même temps.

Elle ouvrit son minifrigo et en tira le sachet de pitas, qui en contenait encore trois, tout en se disant une fois de plus que ça se conserve beaucoup mieux au frais, les pitas, quand le sachet est entamé, sinon ça moisit si on ne les consomme pas rapidement. Avant l'ouverture, par contre, pas la peine…

Oups, le problème avec une moitié de pita trempée dans le cacao, c'est que ça bave plus souvent qu'on le voudrait.

Là, la goutte était tombée sur son sein gauche et elle s'accrochait au téton.

Elle trouva ça marrant et la regarda trembloter un peu avant de la récupérer avec l'index de sa main gauche qu'elle suça dans la foulée.

Ce geste involontairement évocateur, joint à la réaction réitérée de son mamelon – qui n'avait plus rien à voir avec la fraîcheur du matin – alluma un petit début d'incendie, très modeste, quelque part dans son bas-ventre.

Sans vraiment y penser, elle se dit que finalement…

Elle s'était rallongée sur son lit et elle se caressait sans hâte, juste pour attiser un peu le début d'incendie.

Elle avait tout son temps.

D'autant que les yeux étaient là pour jouir du spectacle, et que ceux-là, même s'ils n'étaient pas vraiment réels, n'étaient pas imaginaires non plus.

C'étaient ceux de Marc Dilange et de Jérôme Spaldi, son acteur et son chanteur préférés, découpés dans des magazines et punaisés sur le plâtre défraîchi de la cloison.

Il y avait aussi d'autres yeux assez faciles à identifier pour quelqu'un qui s'y connaît en célébrités, mais ceux-là…

CHAPITRE XXII

Les rapports de Jérôme Spaldi avec la notoriété étaient nettement moins agités que ceux de Marc Coutaud-Dilange : l'homme avait la réputation de mener une vie privée ordinaire, s'aidant parfois d'un coup de pouce comme il le faisait en se grimant le visage pour passer inaperçu dans les transports en commun. Célibataire, sans liaison amoureuse stable, il s'absentait souvent de Paris pour de longues périodes quand aucune « actu » ne l'obligeait à rester à proximité des plateaux télé, ce qui facilitait pour un temps la rétention d'information sur sa disparition.

Conséquence de cette « normalité » : il n'intéressait guère les paparazzi et son domicile parisien officiel avait toutes les chances d'être le vrai, contrairement au loft de Dilange.

Quoi qu'il en soit, Gribovitch et Sophie ne tarderaient pas à en avoir le cœur net.

Immeuble de vieille pierre, au cœur de Saint-Germain-des-Prés.

Sophie appuya sur le bouton nacré et prépara son plus joli sourire.

La concierge mit à peine dix-sept secondes à venir aux nouvelles.

– Visite strictement confidentielle, annonça Sophie en dégainant sa carte tricolore, sitôt imitée par Alex. Je ne crois pas que l'intéressé apprécierait que nous divulguions son nom à la cantonade.

– Je ne m'appelle pas Cantonade mais je comprends très bien, rétorqua la dame. Si vous ne savez pas à quel étage il niche, votre « intéressé », je peux même vous promettre de tourner le dos pendant que vous regardez les boîtes aux lettres pour vous renseigner…

L'avantage des immeubles avec loge occupée vingt-quatre heures sur vingt-quatre, c'est que les portes blindées y sont moins indispensables qu'ailleurs. La serrure de l'appartement de Jérôme Spaldi résista moins d'une minute au rossignol de Gribovitch.

– Saint-Germain-des-Prés, c'est nettement plus accueillant pour les narines que le Marais, fit-il en refermant derrière lui.

– Je ne sens aucune odeur particulière, s'étonna sa coéquipière.

– Justement.

Sophie renonça à comprendre. Quand Alex l'entraînait dans le jeu des devinettes à tiroirs, elle perdait systématiquement la partie.

– Tu te charges du salon et moi des autres pièces ? proposa-t-elle.

– Ça marche pour moi…

– La moisson est plutôt maigre, soupira Sophie.

– Normal, rétorqua Gribovitch : on n'est pas à Saint-Germain-des-Champs.

La moisson en question se limitait à la seule bizarrerie qu'ils avaient découverte dans l'appartement : une enveloppe ouverte, postée dans le XVIIIe arrondissement un peu plus d'un mois auparavant, qui renfermait un simple bandeau de papier où étaient collés les yeux d'un visage, manifestement découpés dans un magazine, avec en dessous deux mots superposés sans signature : « joyeux anniversaire », écrits en majuscules et au stylobille.

– Tu as l'air pensive, constata Alex.

– C'est… ce regard. Il me dit quelque chose. Oui, je crois que… Attends, je reviens.

Sophie réapparut quelques instants plus tard,

avec à la main un cadre contenant une photo de Spaldi, qu'elle avait préalablement remarquée dans l'une des chambres.

– C'est bien ça, fit-elle en comparant. Exactement le même regard. Ces yeux découpés sont ceux du chanteur.

Déclic dans la tête d'Alex, qui replongea le nez dans le tiroir d'un buffet du salon qu'il avait déjà exploré. Il en tira un passeport et l'ouvrit.

– Sa date d'anniversaire, c'était hier, fit-il d'une voix blanche.

– Nom de Dieu ! Mais... non, ça ne colle pas pour Dilange. Je me souviens de sa date de naissance quand on a épluché son portefeuille : il est né un 12 septembre.

– Ça, nuança Gribovitch, c'est celle de Marc Coutaud. Il ne serait pas le premier acteur un peu schizo à s'être inventé un autre jour d'anniversaire pour la galerie en même temps que son pseudo.

– Facile à vérifier, trancha Sophie en dégainant son portable. Vive l'Internet mobile.

Elle pianota sur son clavier et attendit.

– Tu as vu juste, conclut-elle. Le comédien Marc Dilange est censé être né un 25 mars, comme Spaldi.

– Mais il a été tué lundi soir, pas mardi.

– Non, Gribo : dans la nuit de lundi à mardi, un

peu avant une heure du matin d'après le rapport du légiste. Ça colle parfaitement.

– Qui tu appelles ?

– Camille Grimaud, pour savoir si dans toutes les confidences qu'elle m'a faites, elle n'aurait pas oublié de me parler d'un courrier un peu bizarre reçu par son amant…

– Alors ?

– Bingo, dit Sophie en raccrochant. Elle se rappelle très bien que Marc lui a parlé d'une drôle de lettre d'anniversaire il y a à peu près un mois, qui ne correspondait à aucune des deux dates, la vraie ou la fausse. Il ne lui a pas donné d'autres détails, mais je mettrais ma main au feu que cette lettre avait des yeux dont il croisait par ailleurs le regard tous les matins en se rasant.

– Les yeux, marmonna Alex, les yeux…

– À mon tour de te demander qui tu appelles.

– Dallant…

– Hu-hum ? s'enquit l'as de la Scientifique à l'autre bout des ondes.

– Une précision, s'il te plaît. Je suppose que pour un technicien de ta trempe, c'est un jeu d'enfant de savoir si une partie du visage a été spécialement visée par un jet de vitriol, et si c'était la même partie pour nos deux victimes du moment.

– Les yeux, évidemment, répondit Dallant sans la moindre hésitation. Mais quelle que soit la raison pour laquelle tu me poses la question, n'en tire pas de conclusions trop hâtives. Les vitrioleurs ou les vitrioleuses visent toujours les yeux. C'est un geste naturel, pour échapper au regard de la victime. Et d'autant plus quand ladite victime est déjà morte et qu'elle a les yeux grands ouverts. Le regard d'un cadavre qu'on vient d'occire à la pique à brochette ou par n'importe quel autre moyen, sauf cas particulier, c'est très désagréable pour les nerfs d'un assassin, mâle ou femelle.

CHAPITRE XXIII

– Vous pourriez prendre les précautions d'usage pour manipuler une pièce à conviction aussi importante que celle-là ! s'énerva Griffon quand Alex plaqua d'une main pleine de doigts sur le bureau le bandeau de papier qu'il venait de tirer de l'enveloppe.

– Réfléchissez, patron, soupira l'épinglé. Ce papelard traîne depuis un mois à la disposition de tout le monde. L'appartement de Spaldi n'a rien d'un foutoir chronique. S'il a laissé ce courrier aussi longtemps sur la table basse de son salon en compagnie de ses magazines télé, c'est parce que ça l'amusait de montrer une bizarrerie aux gens qui passaient chez lui. On n'en est pas à deux ou trois empreintes de plus ou de moins, et c'est pas ça qui empêchera Dallant d'y dénicher un ADN que la tamponneuse n'a manifestement aucune envie de nous cacher.

– Votre point de vue sur ce micmac ? éluda Griffon.

– Je vous l'ai dit au téléphone, intervint Sophie : Dilange a reçu lui aussi un courrier d'anniversaire hors date, à la même période. En revanche, je ne crois pas qu'il faille se focaliser sur le fait que le faux anniversaire de l'acteur tombait le même jour que celui du chanteur. Simple hasard, à mon avis, et Gribo est d'accord avec moi. Avantage non négligeable de ces repères choisis par la meurtrière : on n'a plus à redouter l'engrenage systématique d'une exécution toutes les vingt-quatre heures. Elle attendra l'anniversaire réel ou fictif du prochain sur sa liste pour remettre le couvert. Ça nous laisse probablement du temps pour empêcher un nouvel embrochage.

– Sauf qu'on ignore COMBIEN de temps.

– Ça fait partie du jeu qu'elle nous impose, comme les photos des yeux et le fait qu'elle envoie ses faire-part de meurtre un mois à l'avance.

– Nom de Dieu, y en a marre de ces assassins qui se croient obligés de singer les délires sous cocaïne des scénaristes yankees !

– Simple inconvénient parmi d'autres de la mondialisation culturelle, fit Alex. Mais vous avez raison : l'avertissement anticipé et incompréhensible par son destinataire, les yeux, les portes de Paris, la perforation du cœur à la pique à brochette, le vitriolage de visages qui ont fait le tour des médias, le tampon numéroteur, ça fait beaucoup de symboles que…

– Ce n'est pas forcément parce qu'elle a commis ses deux premiers crimes aux stations Porte des Lilas et Porte de Versailles qu'elle continuera dans le même registre, l'interrompit Griffon. C'était peut-être seulement le hasard, là aussi, lié aux déplacements de Dilange et de Spaldi.

– Deux portes, ça peut effectivement relever du hasard. Cinq, ça devient de l'acharnement thématique. Regardez le cachet sur l'enveloppe. Elle a été postée au bureau de l'avenue Porte de Montmartre. Métros les plus proches : Porte de Saint-Ouen et Porte de Clignancourt. Il nous faut quelqu'un pour nous aider à déchiffrer la grammaire de cette killeuse, patron.

– Un profileur, mouais, pourquoi pas.

– Plutôt une profileuse, puisqu'on en a une sous le coude : la stagiaire qui s'emmerde à faire ses classes en triant les tombereaux de paperasse de la Préfecture de Police.

– Stagiaire, Gribovitch, ça veut dire débutante.

– Justement. Elle n'est pas encore pourrie par un ego shooté au succès, et elle aura donc beaucoup moins tendance qu'un vétéran à fuiter pour se faire mousser dans le Landerneau.

– Mais débutante quand même !

– C’est moi qui ai pensé à elle, intervint Sophie. On a longuement discuté entre femmes autour d’un café, au début de son stage. C’est quelqu’un de posé et de modeste. Surprenante de maturité pour son âge, et la manière dont elle parle des études de cas qu’elle a passés au peigne fin est impressionnante de lucidité et à la fois d’inventivité.

– OK, trancha Griffon. J’appelle Picard-Lesecq pour qu’il l’arrache à sa montagne de paperasse et nous l’expédie en urgence sous paquet confidentiel.

CHAPITRE XXIV

Griffon passait son temps au téléphone.

L'équipe officiellement chargée de l'enquête sur les deux crimes du métro était dirigée par le capitaine Sorbier, un type pas du tout chatouilleux de l'ego qui s'accommodait très bien – ce n'était d'ailleurs pas la première fois – de sous-traiter pour le compte des Affaires Spéciales sans être informé de ce qui motivait ce petit arrangement à l'amiable. Il ignorait donc l'identité des victimes, mais ça ne l'empêchait pas de gérer les choses comme s'il était réellement le maître du bord.

À commencer par la recherche de témoins.

Marc Dilange avait été tué trop tard dans la nuit pour espérer quoi que ce soit de ce côté-là, mais le meurtre de Jérôme Spaldi avait eu lieu à une heure nettement plus riche en promiscuité humaine.

Griffon passait donc son temps au téléphone, car Sorbier le tenait au courant quart d'heure par quart d'heure.

Cette fois, en raccrochant, il faillit exploser le combiné qui n'avait pas été conçu pour encaisser à ce point-là.

– C'est bien la première fois que je vois quelqu'un réagir comme ça au coup de fil d'un type aussi serviable que Sorbier, nota Sophie.

– Sorbier n'a rien à se reprocher et il sait que je le sais, marmonna Griffon en réembouchant un capuchon de stylo déjà considérablement torturé. Ce sont ces putains de soi-disant témoins. Je vais finir par croire qu'il existe autant de mondes que de paires d'yeux pour le regarder.

– Je vous l'ai déjà dit, intervint Gribovitch : votre jeunesse d'esprit n'a d'égale que la naïveté persistante qui va avec. Un témoin oculaire, ce n'est pas fiable par nature et vous le savez mieux que moi. Et quand se greffe à cet indiscutable postulat la volonté forcenée d'aider que provoque inévitablement un début de psychose au serial killer, on se retrouve avec des hordes d'usagers du métro qui ont vu, qui une blonde à lunettes noires au comportement suspect, qui une rousse en anorak beige dont la façon de regarder les gens cachait forcément des intentions coupables, qui une brune à imperméable trop grand pour elle lisant un journal tenu à l'envers pour tenter de dissimuler la noirceur de son âme aux projets assassins. Car c'est bien ce qui s'est passé, n'est-ce pas ? Sorbier a fini par vous dire qu'il avait renvoyé tout le monde à ses pénates, et qu'il n'avait pas le moindre embryon de signalement un tant soit peu opérationnel à nous mettre sous la dent.

– Évidemment, bordel de merde !

– Ça n'a rien de catastrophique en soi, tempéra Sophie. Cette fille nous a délibérément offert par deux fois son ADN sur un filtre de cigarette, et probablement une troisième sur le courrier d'anniversaire envoyé à Spaldi. Elle est donc certaine que ce n'est pas ça qui nous aidera à l'identifier. Ce qui veut dire qu'elle ne fait pas partie de l'entourage proche de l'une ou l'autre de ses victimes où n'importe quel flic pourrait s'approprier discrètement un prélèvement pour vérifier ou infirmer d'éventuels soupçons. Moralité : qu'on sache plus ou moins précisément à quoi elle ressemble ne nous serait d'aucune utilité, faute de corpus défini pour opérer des recoupements.

– Votre optimisme sur nos chances de réussite est confondant, Leclerc, persifla Griffon.

– Il s'agit seulement d'être lucide et de se résoudre au fait qu'on ne mettra pas la main sur elle par ce genre de méthode, patron.

– Ce qui nous ramène à l'option profileuse, enchaîna Alex. Bon, Sophie, le temps passe. Si on ne décarre pas tout de suite, on sera en retard à la maison pour y accueillir notre invitée.

Picard-Lesecq, en effet, s'était fermement opposé au transfert aussi impromptu que trop visible de la stagiaire. Pour lui, il était hors de question qu'elle mette les pieds dans les locaux des Affaires Spéciales.

Rendez-vous avait donc été pris en terrain privé, rue Bernache, et demain, simple coup de fil de l'intéressée à la Préfecture de Police pour justifier une absence provoquée par une gastro-entérite aussi subite qu'invalidante.

Picard-Lesecq s'occuperait en personne de faire suivre le certificat médical.

CHAPITRE XXV

En effet, Ludivine Chanteclair était déjà là. Adossée au portail du garage entre les deux portes d'entrée, elle tirait sur une cigarette à demi consumée d'une paire de lèvres fondamentalement appétissantes.

Gitane blonde au bec, Gribovitch traversa la rue Bernache en dégainant ses clés.

– Ça fait plaisir de constater qu'il y a encore des gens à l'espérance de vie a priori copieuse qui ne succombent pas dès le berceau à la tyrannie du terrorisme sanitaire, fit-il en décochant un clin d'œil complice à la profileuse en herbe. Excusez pour les dix minutes de retard.

– Pas de mal, assura la jeune femme, je viens juste d'arriver. Mais je croyais avoir compris qu'il s'agissait d'une rencontre à trois, et que votre équipière partageait cette maison avec vous. J'ai déjà sonné. Pas de réponse.

– Elle ne tardera pas. Mission remplissage de frigo. La rencontre, comme vous dites, risque de s'éterniser un peu. Comme on n'est pas des sauvages, on vous invite à bouffer. Ma moitié de maison, c'est cette porte-là. Suivez le guide. Vous savez pourquoi vous êtes là ?

– Aucune idée. Mais n'importe quoi plutôt que de continuer à faire semblant de m'intéresser au classement de cette fichue paperasse.

– Alors vous allez être servie…

À la place d'honneur en bout de table dans la cuisine commune, tandis que Sophie s'activait aux fourneaux après avoir fermement repoussé la proposition d'Alex de s'en charger – pas de risque inconsidéré en cas de convive présumé innocent –, Ludivine Chanteclair resta bouche bée quand celui-ci lui eut révélé l'identité des deux victimes du métro.

– Je commence à comprendre la raison de cette entrevue et sa discrétion, finit-elle par articuler. Effectivement, je suis servie, et bien servie.

– Vous n'avez pas l'air surprise qu'on fasse appel à vous plutôt qu'à un profileur plus expérimenté, s'étonna Sophie en s'installant tandis que ses darnes de saumon mijotaient à l'étouffée sur leur lit de poireaux.

– Non. C'est clair comme de l'eau de roche. Dans un cas pareil, mieux vaut une jeune profileuse au profil bas qui doit faire ses preuves plutôt qu'un cador aux chevilles enflées qui fuite de partout histoire d'alimenter le service après-vente du dernier bouquin qu'il a pondu à la gloire de ses méninges survitaminées. Pourquoi vous souriez comme ça, tous les deux ?

– Parce que c'est à peu de chose près ce qu'Alex a dit à notre chef de service pour argumenter en votre faveur, répondit Sophie. Sans vouloir vous flatter dans le sens du poil, je crois qu'on a fait le bon choix. Vous avez l'esprit vif, ce que j'avais d'ailleurs déjà remarqué.

– L'esprit vif, dans ce genre de boulot que vous me donnez l'occasion de pratiquer pour la première fois en conditions réelles, il faut s'en méfier comme de la peste. Pas de « bon sang mais c'est bien sûr » et autre « eurêka » à l'emporte-pièce. L'imprégnation qui permet de se mettre dans la peau du criminel, ça exige du temps et de l'humilité. C'est comme le boudoir pour une charlotte. Il s'imbibe doucement, il perd peu à peu sa structure et même son identité de boudoir. Il devient autre chose : une espèce de pâte molle d'où finira dans le meilleur des cas par transpirer la vérité. Si on veut accélérer le processus, c'est le fiasco : à vouloir trop en faire, le boudoir devient bouillie et la charlotte est bonne pour la poubelle. Racontez-moi tout ce que vous savez, tranquillement et… à plat, si vous voyez ce que je veux dire. Justes les faits dont vous êtes certains. Pas d'interprétation, pas d'hypothèses. C'est fou ce que j'ai envie de me sentir boudoir, ce soir.

– Je te laisse t'y coller, Gribo ? proposa Sophie en se levant pour aller voir où en étaient les darnes.

– Ça marche pour moi, adhéra celui-ci en allumant une Gitane blonde après en avoir offert une au boudoir de service.

CHAPITRE XXVI

Dans le salon de Gribovitch, au fond d'un fauteuil dépareillé face au canapé où il s'était installé avec Sophie, la profileuse sirotait son ballon de cognac sans dire un mot. Elle était également restée muette durant tout le dîner, se contentant d'un « mmmm » périodique qui visait davantage à saluer les qualités de cuisinière de Sophie qu'à ponctuer les différentes étapes de l'exposé d'Alex.

De temps en temps, elle croisait et décroisait ses jambes au galbe incendiaire sous sa jupe drastiquement écourtée par sa position. Sophie appréciait le spectacle en amatrice éclairée, mais elle nota que son coéquipier était nettement plus chamboulé qu'elle par le point de vue et que la traîtresse Ludivine s'en était évidemment aperçue : elle en rajoutait perfidement une louche en décochant à l'émoustillé des œillades quasi imperceptibles mais lourdes de sens, auxquelles il répondait par ce genre de grimace aussi pathétique que ridicule dont se fend le mâle standard quand il ne sait plus où donner de la semelle en terrain miné de partout.

– Bon, trancha Sophie à l'attention de la coquine. Je crois que je vais te… Au fait, je peux te tutoyer ?

– Pas de problème. D'ailleurs on avait déjà commencé la première fois qu'on a discuté ensemble, non ?

– C'est vrai. Donc, je vais te laisser continuer à t'imbiber de la situation. Quelques coups de fil perso à passer avant de filer sous la couette. Si tu as besoin d'éclaircissements, Gribo est assez grand pour te les fournir sans moi. En admettant que ses méninges soient encore capables de fonctionner dans la surchauffe quasi générale, évidemment.

Ludivine commenta l'allusion d'un léger sourire, Gribovitch en allumant d'urgence une Gitane blonde.

– Alors bonne nuit, vous deux, enfonça Sophie en s'arrachant du canapé…

– Le hasard, mouais…

– De quoi parlez-vous ? s'enquit Alex.

– Vous pouvez également me tutoyer. Je pourrais être votre fille, après tout.

Le ton paradoxalement lascif de la remarque trahissait une indéniable tendance à la perversité ludique.

– OK, acquiesça Gribovitch après avoir avalé deux fois sa salive.

– Vous n'avez pas pu vous empêcher, tout à l'heure…

– Tu peux me tutoyer toi aussi, ça m'évitera l'impression d'avoir l'âge que j'ai.

– Tu n'as pas pu t'empêcher d'émettre une hypothèse : celle selon laquelle la coïncidence du faux anniversaire de Dilange et du vrai de Spaldi n'était qu'un hasard. Au départ, c'est sans doute le cas, mais je mettrais ma main au feu que la meurtrière a joué délibérément là-dessus. La plupart des serial killers, quel que soit leur mobile, sont des gens méticuleux et donc très bien informés. Elle ne pouvait pas ignorer la vraie date de naissance de l'acteur. Si elle a choisi le faux anniversaire pour l'exécution, c'est pour frapper d'emblée très fort en tuant ses deux premières victimes à moins de vingt-quatre heures d'intervalle.

– Sophie et moi, on était arrivés à la même conclusion. Mais justement, tu m'avais demandé d'éviter les commentaires superflus.

– Alors on est bien sur la même longueur d'ondes. Il t'arrive de baiser avec des jeunettes, ou tu préfères les femmes plus mures ?

– …

– Qui ne dit mot consent, paraît-il.

– …

– Tout ce canapé pour toi tout seul, c'est du gaspillage, non ?

Ludivine Chanteclair se déplia lentement du fauteuil, un petit doigt profondément enfoncé entre ses lèvres pulpeuses.

CHAPITRE XXVII

Ludivine était nue. Elle était belle, d'une fermeté tout en souplesse, insolente.

Gribovitch était nu. Pas foncièrement beau mais plutôt bien conservé vu le kilométrage au compteur. Question fermeté, c'est au niveau de son membre intime que ça se concentrait, et c'était du solide de chez Solide.

– Ouah, j'en veux, sollicita la gourmande, à genoux entre les jambes écartées.

– Alors sers-toi. C'est gratuit.

Elle goûta d'une langue en tuile.

– C'est bon mais finalement j'ai envie de te faire autre chose. Tu sais qu'une profileuse, ça ne se sert pas que de sa tête. Je suis aussi championne de tir.

– L'un n'empêche pas l'autre, concéda Alex qui ne voyait pas trop où elle voulait en venir mais qui lui faisait confiance question piment.

– Je fais mouche à tout coup, et pas seulement avec un flingue réglementaire. Il se nettoie facilement, ton écran plat ?

Il commençait à saisir. Le challenge lui sembla hardi. C'était quand même à trois mètres au bas mot.

– On dit en plein centre, OK ? s'engagea l'audacieuse sans attendre la réponse.

Sceptique, il demandait à voir. Il fit oui de la tête.

Alors elle s'extirpa d'entre les genoux, s'installa sur la fesse gauche au fond du canapé, côté droit, estima l'angle de tir idoine, corrigea un peu la hausse d'une inclinaison du poignet et commença à branler…

C'était de l'astiquage de haut vol. La crème de la crème. Une telle amplitude entre décalottage et renfilage de cagoule charnue, Gribovitch n'avait jamais connu ça. Normalement, ça aurait dû être douloureux, car la nature humaine n'est pas élastique à l'infini, mais ça ne l'était pas, bien au contraire.

La main magicienne de Ludivine, loin de frénétiser, faisait ça avec une telle lenteur que ça ressemblait à un de ces exaspérants ralentis de cinéma que s'évertuent à multiplier les réalisateurs pompeux qui n'ont rien à dire et qui compensent en déclinant tous les artifices possibles et imaginables.

Mais là, ce n'était pas du vide que brassaient les doigts de l'artiste. C'était du lourd, du dense, du massif, de la quintessence de bite aux abois qui ne sait plus où elle habite.

– Rrhhh, ça va fuser, prévint Alex qui se sentait venir comme jamais.

– Mais non, objecta Ludivine. C'est moi la tireuse, pas toi, et je n'ai pas encore enfoncé la queue de détente.

Il dut se rendre à la raison : ça ne fusa pas. Pour la bonne raison que l'experte, sans cesser d'astiquer, lui comprima la hampe à la base, juste entre les couilles, d'un auriculaire résolument obstructeur.

Puis, passé la menace de déluge intempestif, elle augmenta progressivement le rythme.

Très vite, la menace menaça de nouveau.

– Jjjjjhhhh, s'emballa Gribovitch.

– Je sais. Regarde bien maintenant. Là, je vais l'enfoncer, la queue de détente, et tu vas voir ce que tu vas voir.

Ça fit *vvlaaash*, approximativement.

La tête dans les étoiles mais les yeux rivés à la trajectoire virtuelle entre le bout de son gland et sa télé, Alex vit son sperme gicler comme il ne l'avait jamais vu gicler : ça fila profus et droit, en trois rafales à la queue leu leu qui s'explosèrent successivement au centre exact de l'écran.

– Je te l'avais bien dit, hein, que j'étais une championne, jubila la tireuse des litres. Y a un truc que je sais très bien faire aussi, c'est d'empêcher les mecs de débander quand j'ai envie de leur gros machin tout chaud à l'intérieur de mon petit ventre gourmand.

Et elle le prouva aussitôt en enfourchant Gribovitch dont elle aspira littéralement le gland tout au fond de sa chatoune.

Là encore, il dut se rendre à la raison : il ne débandait pas.

Il faut dire que Ludivine avait carrément le minou préhensile et qu'elle savait s'en servir à merveille.

Alex en profita pour se contenter une envie qu'il caressait depuis un bon moment : il engouffra un téton rose et charnu entre ses lèvres goulues, puis l'autre pour comparer.

Très vite il s'aperçut qu'il n'avait pas vraiment de préférence, alors il suça les deux jusqu'à plus soif, chacun son tour.

Non seulement il ne débandait pas, mais il se sentait enfler comme il ne l'aurait pas cru au fond du « petit ventre gourmand ». Il osa espérer que ça n'allait pas se barrer en sucette malgré les promesses de Ludivine. Tant qu'à jouer les grenouilles présomptueuses, autant que ça se termine en explosion comme pour celle de la fable du bien nommé La Fontaine. Et si possible pas trop vite, tant qu'à faire.

Tandis que sa bouche s'occupait aux blancs seins, ses doigts pétrirent du flanc, de la hanche et de la fesse en veux-tu en voilà.

Très réactive aux attouchements divers et néanmoins printaniers, la coquine jouit quatre fois en moins de cinq minutes, ce qui n'était pas mal pour un début.

CHAPITRE XXVIII

Sophie s'étira en franchissant la porte de la cuisine commune.

– Alors, tu as fini de t'imbiber ? demanda-t-elle à la profileuse attablée devant un petit déjeuner qu'elle s'était préparé elle-même.

– Ça dépend de quoi on parle, répondit l'évasive. Au fait, j'ai dormi ici. Ton copropriétaire m'a invitée.

– C'est ce que je vois. Dans son lit, je suppose ?

– Non : sur son canapé.

– Et lui ?

– Il roupille encore.

– Dans son lit ?

– Non : sur son canapé. Dis, tu dors toujours avec une veste de pyjama d'homme beaucoup trop grande pour toi et complètement déboutonnée en guise de chemise de nuit ? Ça doit finir par bouchonner, j'imagine, à force de te retourner dans ton sommeil.

– Je dors toute nue. C'est seulement ma tenue de petit dèje.

– Et les boutons, jamais ?

– Non. Ça te dérange ?

– Pas du tout. J'ai l'œil esthète. Tout ce que la nature peut offrir de beau, je suis preneuse. Et Gribovitch, ça le dérange pas ?

– Il s'est fait une raison. Et puis tu sais ce que c'est, les hommes : sans leur érection matinale pour attaquer une journée, ils sont bons à rien, et à son âge, faut parfois un minimum de stimulus pour aider la nature. Disons que c'est ma BA quotidienne. Je suis une bonne fille, moi. Toujours prête à rendre service.

– C'est comme moi : je peux pas m'empêcher de faire du bien aux gens. Bon, c'est pas tout ça.

Ludivine se leva et enfila son blouson qui patientait sur le dossier de sa chaise.

– Tu t'en vas ?

– Oui.

– Je pensais qu'on avait été clairs : tu es partie prenante de cette enquête jusqu'à ce qu'elle soit bouclée. On compte vraiment sur toi.

– J'avais bien capté. Mais sur ce plan-là, le boudoir est loin d'avoir fini de s'imbiber. Je l'ai dit hier soir : ça demande du temps.

– Combien à peu près ?

– Aucune idée, puisque c'est ma première affaire. Je vais m'enfermer toute seule chez moi pour laisser mariner et... disons qu'on se revoit ici ce soir pour faire le point.

– OK. Prends un sac avec des fringues de rechange, tant qu'à faire.

– Ah, c'est toi qui m'invites à dormir, cette fois ? C'est vrai que je n'ai pas encore eu l'occasion de faire connaissance avec ta moitié de maison.

– Je pensais seulement à la bonne humeur de Gribo. Un coéquipier comblé est un coéquipier vivable.

– Ouais-ouais-ouais, c'est ça. Tu crois que je n'ai pas remarqué le petit manège de tes mirettes sur mes jambettes, hier soir. D'accord, Alex était nettement moins discret, mais j'ai l'œil. Ciao-ciao, Sophie. Tu es vraiment canon, sous ta veste de pyjama. Un peu potelée, peut-être, mais j'adore ça.

Pensive, Sophie regarda Ludivine s'en aller en chaloupant de son popotin mutin.

Une fille surprenante, vraiment.

Dans tous les registres.

CHAPITRE XXIX

Griffon marqua sa surprise de voir débouler Gribovitch et Sophie en cessant provisoirement de mastiquer un capuchon de stylo vert bouteille qui n'avait manifestement pas l'air de se plaindre du répit accordé.

– Je croyais que votre duo s'était momentanément transformé en trio, fit-il, et que je n'aurais pas l'occasion de vous voir aujourd'hui, vu les consignes de Picard-Lesecq quant à la discrétion de l'expédient.

– Le boudoir a besoin de temps pour s'imbiber sinon la charlotte finira à la poubelle, rétorqua Sophie.

– Les jeux de mots aussi abscons que vaseux, Leclerc, c'est Gribovitch qui nous les sert à la louche, d'habitude. Je ne comprends rien à celui-ci, et la nouvelle recrue ne s'appelle pas Charlotte, que je sache.

– Laissez tomber, patron. Pour chanter clair, disons que Ludivine cogite de son côté, et qu'il lui faut du temps et de la solitude pour ça. On la revoit de soir pour savoir où elle en est. En attendant, ça n'empêche pas de continuer à bosser avec nos méthodes habituelles.

– Qu'est-ce que vous avez en tête ? se méfia Griffon.

– En farfouillant sur Internet, intervint Gribovitch, il ne devrait pas être sorcier d'établir une liste des célébrités domiciliées à Paris et dont l'anniversaire arrive à échéance dans les trente jours à venir, si vous voyez ce que je veux dire.

– Dans le monde tel qu'il va, objecta le patron des Affaires Spéciales, la boutade prémonitoire d'Andy Warhol est quasiment devenue une lapalissade. Je vous souhaite bon courage.

– Là, c'est moi qui ai du mal à vous suivre, nota Sophie.

– Je vous rappelle que bien avant la Star Ac, l'empereur du Pop Art disait qu'à l'avenir, tout le monde aurait son quart d'heure de célébrité, et il ne s'est pas trompé.

– Il ne s'agit pas de courser sur la toile la moindre gloire éphémère de la télé-réalité ou d'un quelconque fait divers monté en épingle par les médias, tempéra Alex. Pour le moment, la tamponneuse a éradiqué un acteur de renom et une vedette de la chanson installée dans le panorama depuis des années. On peut donc dans un premier temps se contenter du monde du spectacle, option chromosome XY, vu que les deux victimes sont des hommes. Ensuite on fouine ni vu ni connu, et si on apprend d'une manière ou d'une autre que l'un d'eux a reçu une lettre d'anniversaire aussi étrange que prématurée, on saura à quoi s'en tenir et on prendra les mesures qui s'imposent.

– Ça relève quand même de la pêche aux moules en eau trouble, Gribovitch. Vos chances d'aboutir sont minimes.

– Ça n'empêche pas d'essayer. L'espoir fait vivre, et vivre n'est pas forcément laisser mourir…

L'imprimante avait craché une grosse douzaine de binettes répondant aux critères requis, à des degrés plus ou moins importants de notoriété. Sophie, sans trop savoir pourquoi, n'arrêtait pas de tripoter le feuillet qui affichait le portrait de Mytos Patagas, l'animateur télé.

– Je savais pas que tu faisais partie de ses groupies, railla Alex.

– Fais pas chier, Gribo. Je sais pas ce qui me titille, mais… Si, ça y est, je vois ce que c'est.

– Quoi, en dehors du fait que son anniversaire

tombe demain ?

– Trouve-moi des photos de Dilange et Spaldi à peu près dans la même posture, et imprime-les.

– Envoyé c'est pesé !

Quelques clics et l'affaire fut emballée. Sophie étala les trois clichés l'un à côté de l'autre sur le bureau.

– Tu vois ce que je veux dire, maintenant ? L'acteur et le chanteur ne se ressemblent pas vraiment, a priori, mais avec la tronche de Patagas entre les deux, ça frise le chaînon manquant.

– Nom de Dieu, tu as raison, admit Gribovitch. Il y a plus qu'un air de famille entre ces trois-là, et…

– … comme tu viens à juste titre de le souligner, l'anniversaire de l'animateur, c'est demain.

CHAPITRE XXX

La brasserie aussi hors de prix qu'elle était cotée commençait à fourmiller de sa clientèle bling-bling habituelle. Gribovitch et Sophie se frayèrent un chemin entre les pouffiasses pépiantes et siliconées qui servaient de faire-valoir à telle ou telle vedette éclair du show-biz. Les valeurs sûres ne se mélangeaient pas au tout-venant : elles avaient leur zone attitrée plus discrète, au fond de la salle. Plus on est connu et plus ça dure, moins on a besoin et envie de s'étaler au grand jour.

Dégoter une table voisine de celle que Mytos Patagas réservait à l'année pour pas moins de douze personnes, même quand il déjeunait ailleurs, n'avait pas été une sinécure. Anne Baroux n'étant pas là pour gérer la délicate opération, Karine s'en était chargée avec une honorable maestria : elle avait singé au téléphone les attachées de presse intraitables et avait fini par obtenir raison – non sans avoir vérifié auparavant que l'animateur était bien en plein enregistrement de son émission phare comme tous les mercredis, dans un studio de sa maison de production toute proche, ce qui laissait un espoir plus que raisonnable de le voir pointer sa tronche aux alentours de treize heures.

Sophie s'installa face à Alex et consulta la carte.

– Ouah, je te raconte pas la douleur de la douloureuse, commenta-t-elle à mi-voix. C'est plus de la note de frais, c'est du détournement de fonds publics.

– Tout est relatif, quand il s'agit de craquer à bon escient le fric du contribuable, tempéra Gribovitch. Rappelle-toi les comptes de campagne du vainqueur et de la vaincue de la dernière présidentielle, par exemple : pas moins de trente-quatre mille quatre cent quarante-cinq euros de frais de maquillage pour l'un, cinquante et un mille six cent cinquante-neuf euros pour l'autre y compris ses frais de coiffure.

– La commission des financements en a retoqué une bonne partie.

– Ouais, mais notre larron et notre larronne s'en sont quand même fait rembourser un tiers rubis sur l'ongle, sur un budget global de campagne de plus de vingt millions d'euros pour chacun. À côté, la poêlée de gésiers de poulet de Bresse confits aux morilles que je vais m'envoyer aux frais de la princesse, c'est du pipi de chaton anorexique.

– Ah, tu prends ça, toi ? Moi, ce serait plutôt des aiguillettes de canard aux petits légumes primeurs.

– Un excellent choix qui nous fait faire des économies en évitant de commander deux bouteilles différentes pour le mariage solide-liquide. Rien de tel qu'un saumur-champigny de derrière les fagots pour accompagner la volaille, qu'elle soit gallinacée ou palmipède.

– Là-dessus, je te fais entièrement confiance. C'est cher, ce vin-là ?

– Plutôt raisonnable, normalement, mais là… De toute façon on a un minimum de standing à tenir si on veut être crédibles, non ?

Sophie adhéra au constat d'un haussement d'épaules fataliste.

Le garçon vint prendre la commande.

Il sentait le parfum pour femme. Faute de goût impardonnable, ou alors la nouvelle mode obligatoire à la con dans le tout-clinquant des audaces jet-setteuses…

– On s'est plantés, il ne va pas venir, grimaça

Sophie en picorant une aiguillette d'une fourchette dilettante.

– Mais si. L'enregistrement dure toute la journée. Un animateur vedette aux dents longues, ça reste un organisme vivant standard : sans carburant dans l'estomac, ça perd ses moyens comme toi et moi.

– Quand on parle du loup-garou… murmura Sophie d'un air soulagé.

Alex se détourna discrètement en direction du regard de sa coéquipière.

Son Altesse audimatique faisait effectivement son entrée, avec toute sa cour dans son auguste sillage.

CHAPITRE XXXI

Mytos Patagas mettait évidemment un point d'honneur ostentatoire à considérer tous les clients de la brasserie comme des rebuts foncièrement transparents qui pouvaient toujours s'atteler pour espérer atteindre un jour son niveau de célébrité : regard perdu sur la ligne bleue des bauges à porcins qu'étaient pour lui les assiettes de ces rien-du-tout.

Cependant, le choix de Sophie et d'Alex porta ses fruits : plutôt que de se déguiser en VIP à la vêture griffée faussement négligée, ils avaient gardé leurs fringues habituelles. L'animateur ne put s'empêcher, en s'asseyant, de glisser sur eux un œil outré. Des pauvres se permettaient de polluer son espace vital, et le personnel avait laissé faire. Crime de lèse-majesté.

L'essentiel était acquis : Gribovitch et Sophie s'étaient fait remarquer.

La basse-cour du coquelet prit place à son tour. Trois chaises restèrent vides en bout de table. Caquetages en veux-tu en voilà, et quelques roucoulades de tourterelles en mal de promotion canapé.

La routine, en quelque sorte.

– Je dégaine l'artillerie lourde ?

– Je crois que c'est le moment, confirma Sophie. Dans moins de trente secondes, il aura oublié qu'on existe.

Alex tira de sa poche de poitrine une enveloppe où était inscrit son nom, sans adresse, et la tendit à sa coéquipière comme s'il tenait à ce qu'elle prenne connaissance de son contenu. Elle en tira un bandeau de papier où était collé un découpage des yeux du soi-disant destinataire, préalablement imprimé sur un papier glacé très fin. En dessous, griffonné en lettres capitales : JOYEUX ANNIVERSAIRE.

– Tu es sûr que ce sont les tiens ? fit semblant de demander Sophie en haussant la voix. Les lunettes sont identiques, mais…

– Aucun doute là-dessus. Ça vient d'un magazine de chez nous. Je me rappelle très bien cette photo, elle remonte à l'année dernière.

– Elle t'est arrivée comment, cette enveloppe ?

– Déposée à l'hôtel hier matin. Le réceptionniste se souvient d'une fille bizarrement affublée d'une capuche qui lui masquait le visage. Elle n'a pas dit un mot.

– Mais ton anniversaire, c'est seulement dans un mois.

– J'y comprends rien du tout.

– Au lieu de vous emmerder en couple en attendant le dessert, mettez-vous avec nous, fit l'animateur d'un ton exagérément hilare. Pour une fois que je tombe sur des voisins de restau fringués chez Carrefour et qui font semblant de ne pas me reconnaître, ça me changera des cireurs de pompes à fausse Rolex et des lécheuses de... enfin... passons.

Sophie décocha un sourire gêné à ce parangon de délicatesse.

– On ne veut pas vous déranger, Monsieur Patagas.

– Puisque je vous le demande !

Manifestement, le coq n'avait pas l'habitude d'être renvoyé à son perchoir.

Sophie réitéra son sourire et s'installa à l'une des trois places inoccupées, bientôt imitée par Gribovitch qui remballa son enveloppe et prit la bouteille de saumur-champigny avec lui.

– Laissez donc cette piquette là où elle est, rigola l'inviteur, et profitez du pétrus qui va bientôt débarquer, ça vous évitera de mourir idiot.

Alex obtempéra sans états d'âme.

– Vous êtes qui ? s'enquit l'animateur.

– Alexandre Gribovitch, et mon assistante Sophie Leclerc. Je suis producteur de fictions télé sentimentales à Montréal, de passage à Paris pour essayer de placer quelques quatre-vingt-dix minutes sur les chaînes de la TNT. C'est bien engagé, a priori. À partir du moment où on n'est pas trop gourmand, bien entendu, vu la maigreur des budgets achat.

– Je m'en tape de vos menus soucis d'intendance. Gribovitch, ça sonne pas franchement québécois, et le moins qu'on puisse dire, c'est que vous avez oublié votre accent dans l'avion.

– Mytos Patagas, intervint Sophie, ça ne sonne pas spécialement hexagonal, et votre accent natal a dû se noyer corps et biens en Méditerranée, apparemment.

– Bien répondu, concéda l'animateur. J'apprécie les gens qui ont de la repartie. Mais…

D'autorité, il bouscula la brunette qui le collait sur sa gauche et l'obligea à changer de place avec lui, histoire de se rapprocher pour une conversation plus privée.

– Excusez-moi d'avoir les oreilles qui traînent, poursuivit-il à voix basse. Je vous ai entendus discuter de ce courrier d'anniversaire prématuré déposé à votre hôtel. Vous pouvez me le montrer, si ce n'est pas trop indiscret ?

– Ça n'a rien d'indiscret, assura Alex, puisque je n'ai aucune idée d'où il vient. Pourquoi ça vous intéresse ?

– Je suis curieux de nature et peu enclin à essayer de corriger mes défauts. Ceux qui ont caressé l'espoir de m'y forcer s'en sont mordu les doigts jusqu'à l'os.

Gribovitch fit semblant d'hésiter une poignée de secondes, puis il tira à nouveau l'enveloppe de sa poche.

Il attendit que le garçon venu prendre les commandes ait tout enregistré pour en extraire le faux courrier d'anniversaire.

– Vous mettrez aussi l'addition de ces deux-là sur mon compte, ordonna Patagas, grand prince.

Le serveur au parfum de femme se fendit d'une courbette d'obédience plus ou moins japonaise qui ne lui allait pas du tout au teint ni au format, car il était aussi blond qu'un Viking du haut de son mètre quatre-vingt-cinq bien sonné.

CHAPITRE XXXII

L'animateur retournait et retournait le bandeau de papier entre ses doigts, sous les yeux de la brunette qui essayait de comprendre.

– Vous n'êtes pourtant pas du tout connu en France, fit-il.

– Il faut croire que si, objecta Gribovitch, puisqu'une femme a déposé ça à la réception de mon hôtel avec mon nom sur l'enveloppe. Je doute qu'une groupie québécoise portée sur les producteurs télé ait traversé l'Atlantique pour livrer en personne ses vœux d'anniversaire, qui plus est avec un mois d'avance sur la date. Si c'était le cas, elle aurait eu tout le temps d'attendre que je sois rentré à Montréal, ça lui aurait coûté nettement moins cher.

– Si vous étiez connu dans ce pays, je le saurais ! s'énerva Patagas. Je connais tous les gens connus, ça fait partie de mon métier.

– Je ne vois pas le rapport avec ce mystérieux courrier.

– Moi, si. J'ai reçu le même en couleur, et je suis le plus connu des gens connus. C'est vexant, qu'un type comme vous ait été logé à la même enseigne.

– La photo découpée de mes yeux n'est pas en noir et blanc, que je sache.

– C'est juste une expression, espèce de Canadien.

– Vous l'avez reçu hier, vous aussi ? intervint Sophie.

– Non : il y a un mois à peu près. Ce qui me met dans le même sac que votre boss, puisque le mien, d'anniversaire, c'est demain.

– Il est arrivé où ?

– Dans ma boîte aux lettres, par le facteur, ce qui fait quand même une petite différence de traitement.

– Il a été posté à Paris ?

– Oui : au bureau de la place de la Porte de Vanves dans le XVe. J'ai regardé le cachet pour savoir si je connaissais quelqu'un dans le secteur qui m'aurait fait une plaisanterie. La réponse est non. Mais c'est quoi toutes ces questions ? Vous avez été fliquette, dans une autre vie ?

– C'est vous qui nous avez invités à votre table pour parler de cette double bizarrerie.

– C'est vrai, excusez-moi. C'est quand même fort de café, cette histoire.

– Est-ce qu'il vous arrive de prendre le métro, Monsieur Patagas ?

– Pourquoi vous sautez du coq à l'âne ?

– Parce que cette affaire de courrier d'anniversaire semble vous gaver, finalement, et que parallèlement à mon boulot, j'écris un bouquin sur les petites habitudes des célébrités à travers le monde.

– Non, je ne prends jamais le métro. C'est plein de pauvres, ça pue, j'y passerais mon temps à signer des autographes, et j'ai les moyens de me payer une bagnole avec chauffeur pour échapper à tout ça. D'autant que c'est déductible des bénéfices de ma boîte de prod.

– Sans citer de noms, j'ai déjà eu droit aux confidences de certaines personnes très connues qui m'ont dit qu'elles se grimaient pour passer inaperçues dans les transports en commun. Elles font ça pour garder un minimum de contact avec les vrais gens.

– Grand bien leur fasse mais moi c'est pas mon truc. Enfin…

– Enfin ?

– Je vais vous en faire une, de confidence, mais je vous préviens : vous pouvez en parler dans votre bouquin, ça je m'en fous, mais si vous me citez nommément ou que vous laissez traîner la moindre allusion qui permette de m'identifier, vous aurez tous mes avocats au cul et ça vous coûtera bonbon.

– Je ne suis pas née de la dernière pluie, Monsieur Patagas, ni tout à fait suicidaire.

– OK. Moi aussi il m'arrive de prendre le métro avec des lunettes à la con, des moustaches postiches et des fringues passe-partout. Mais pas pour me mélanger au bon peuple téléphage : pour rejoindre discrètement une petite à l'insu de ma femme et à l'abri des paparazzi qui collent sans arrêt au pare-chocs de ma Bentley comme des mouches à un étron.

– Et ça doit vous arriver plus souvent qu'à votre tour, d'avoir une petite dans le collimateur, n'est-ce pas ?

L'animateur bicha comme un pou.

– On peut dire ça, oui. J'ai un certain succès dans la tranche d'âge dix-huit à vingt-cinq ans, et j'ai la faiblesse de croire que ce n'est pas seulement dû à ma notoriété.

– Je peux le mettre dans mon bouquin, ça aussi ? Toujours sous le sceau de l'anonymat, bien entendu.

– Vous pouvez.

– Et en ce moment ?

– En ce moment quoi ?

– Une petite dans le collimateur ?

– Là, vous devenez carrément indiscrète. Si vous continuez comme ça, vous allez me faire regretter de m'être un peu trop étalé.

– Excusez-moi. Je retire ma question.

– Y a pas de mal, tabernacle.

– Personne ne dit ça au Québec, Monsieur Patagas. Pas plus que les Belges ne disent « une fois » à tout bout de champ, sauf quand ils commencent à lire un conte de fée à leur progéniture.

– Ah bon. On apprend à tout âge. Ah, voilà enfin de quoi s'humecter les amygdales.

En attendant les plats dont il promit que ça n'allait plus tarder, le garçon livrait en effet les deux bouteilles de pétrus millésime 1983 commandées, à deux mille trois cents euros l'unité.

La papille aussi excitée qu'un dortoir de jeunes filles en fleurs, Gribovitch fit discrètement glisser son verre de quelques centimètres en direction du maître de la tablée.

CHAPITRE XXXIII

Griffon n'en revenait pas.

– Vous avez vraiment le cul bordé de nouilles, tous les deux. Vous jouez à la loterie sur Internet et vous décrochez le gros lot au premier tirage !

– Patagas était le premier sur la liste des anniversaires à venir, tempéra Sophie, et il y avait cette ressemblance qui faisait un trait d'union avec Dilange et Spaldi. Cet élément sera d'ailleurs sans doute très utile à Ludivine, sans compter qu'il va nous permettre de cerner avec plus de précision le profil des futures victimes potentielles.

– Il n'est pas question qu'il y ait des futures victimes, Leclerc.

C'était juste une formulation dans l'abstrait, patron. On va la serrer. Patagas fera une chèvre de tout premier choix.

Griffon fit la moue.

– Vous êtes certains qu'il ne vaudrait pas mieux le prévenir de ce qui se passe, de lui demander de se taire et de ne pas bouger de chez lui toute la journée de demain ? Un échec déstabilisera la tamponneuse, c'est toujours bon à prendre.

– Ce type est tellement imbu de lui-même qu'il se croit immortel et qu'il se servira de l'occasion pour s'offrir une campagne de pub gratuite, intervint Gribovitch. Dans le meilleur des cas, il nous promettra de se tenir à carreau et n'en fera qu'à sa tête. Vous connaissez la musique : les promesses n'engagent que ceux qui les reçoivent.

– Mouais, vous avez sans doute raison. Que ce soit bien clair : vous vous démerdez comme vous voulez, mais vous lui collez discrètement aux fesses comme son ombre de ce soir minuit jusqu'à demain à la même heure. Pas le moindre bug dans le programme, OK ?

– On ne lui collera pas aux fesses comme son ombre, objecta Alex. Une ombre, ça va ça vient, et la nuit, quand l'éclairage fait défaut, ça peut même carrément disparaître.

– Comme quoi, alors ?

– Comme une grappe d'hémorroïdes. C'est nettement plus résistant.

– Toujours aussi délicat, soupira Sophie.

CHAPITRE XXXIV

– La voilà.

Gribovitch s'extirpa à peine du recoin de mur sombre où il était planqué avec Sophie et leva la main pour signaler leur présence à Ludivine Chanteclair, qui arrivait à pied sur le trottoir d'en face.

Elle les rejoignit sans prendre de précaution particulière. La rue était déserte.

– Il n'est que vingt-trois heures vingt et la nuit risque d'être longue, lui dit Sophie. Tu es toujours aussi en avance sur tes rendez-vous ?

– Non, mais je pensais qu'on se retrouverait chez vous comme prévu. Quand tu m'as appelée pour me demander de vous rejoindre ici un peu avant minuit sans autre explication, je me suis dit qu'il valait mieux carrément anticiper plutôt que de louper l'heure.

– Tu as pris ton flingue, comme je te l'ai dit ?

La jeune femme tapota le côté gauche de son blouson en guise de réponse.

– Et tu sais t'en servir, j'espère ? Ça risque de s'agiter sérieux à un moment ou un autre, d'ici demain soir minuit.

– Alex ne t'a pas informée que je suis championne de tir quel que soit l'ustensile ? Quel fichu cachottier, celui-là. D'autant plus que la télé était là pour ma dernière prestation du genre et qu'elle l'a enregistrée plein cadre, d'une certaine façon.

Larguée corps et biens par la remarque, Sophie jeta un coup d'œil interrogateur à son coéquipier, qui s'en tira en faisant semblant de lutter contre un courant d'air imaginaire pour allumer sa Gitane blonde.

– Laisse tomber, poursuivit Ludivine avec un petit sourire énigmatique en coin. Qu'est-ce qui se passe ?

– On a identifié le futur tamponné, l'éclaira Sophie. Lui aussi a reçu son faire-part, et le jour de son anniversaire commence dans une grosse demi-heure. Il habite ce charmant petit hôtel particulier, juste après le square.

– Qui c'est ?

– Mytos Patagas.

– Ah ouais, carrément. Il est au courant du petit cadeau que son admiratrice lui a réservé ?

– Non. Vu sa personnalité, le mettre dans la

confidence n'aurait pas franchement été un avantage, c'est le moins qu'on puisse dire. D'où notre présence ici. On lui colle aux baskets pour les vingt-quatre heures à venir. Gribo et moi, il nous connaît, sans savoir qui on est vraiment. Toi, ce n'est pas le cas et tu es le seul flic au courant des dessous de ce sac de nœuds mis à part Griffon, qui a le palpitant beaucoup trop usé pour rempiler sur le terrain.

– Je vois le topo : s'il bouge de chez lui, je fais dans la filature de promiscuité, et vous deux, vous gardez vos distances pour avoir une vue globale du panorama.

– C'est un bon résumé de la situation. Tu te sens à la hauteur ? N'hésite pas à répondre non si c'est le cas. Tu débutes, et le chemin que tu as suivi ne t'a pas spécialement préparée à ce genre de boulot. Si tu doutes de toi, il faut qu'on le sache.

– Ça ira, assura Ludivine sans la moindre hésitation dans la voix. J'ai avant tout reçu une formation de flic. Respirer de très près l'haleine d'un suspect ne me fait pas peur.

– De toute façon on n'a pas vraiment le choix, intervint Gribovitch…

Minuit moins cinq.

– Il en est où, le boudoir ? s'enquit Alex histoire de tuer le temps intelligemment.

– Imbibé de partout, répondit la profileuse. Je commence à bien la sentir, cette nana. Mais avant de vous en dire plus, est-ce que vous avez glané d'autres éléments potentiels sur elle, depuis ce matin, à part l'identification de son prochain gibier ?

– Ouais. Enfin… c'est une piste qui permet peut-être d'affiner le profil des types qu'elle choisit.

– Sur quel plan ?

– Physique. Ça ne nous a pas sauté aux yeux avec Dilange et Spaldi, mais en mettant la tronche de Patagas à côté des leurs, Sophie s'est aperçue qu'il y avait un air de famille incontestable entre les trois. Quelque chose dans le regard, le port de tête.

– Hum, c'est bien vu, en effet, confirma Ludivine qui visualisait pour elle-même les images des trois célébrités. Et ça irait plutôt bien dans le sens de ce que j'ai…

Elle ne termina pas sa remarque.

La grille du jardin de façade de l'hôtel particulier s'entrouvrait.

En grinçant, comme il se doit.

Bref temps mort.

Puis une silhouette voûtée et encasquettée s'infiltra dans l'entrebâillement, regarda rapidement à droite et à gauche, referma derrière elle et fila à pas forcé vers l'autre bout de la rue en rasant les murs, direction la bouche de métro la plus proche.

CHAPITRE XXXV

Assis à côté de Sophie, Gribovitch essayait le plus possible de tasser sa carcasse d'échalas sur le siège. À cette heure-ci, la rame était presque déserte, et encore davantage la voiture où ils se trouvaient. Seulement trois autres voyageurs en plus de Patagas et Ludivine, qui étaient montés à l'autre bout.

La profileuse s'était installée face à l'animateur méconnaissable : casquette enfoncée sur les oreilles, moustache opulente plutôt bien imitée, lunettes à verres miroirs archi-démodées mais très efficaces pour masquer intégralement le regard, veste sans forme et pantalon de velours ordinaire. Seules ses chaussures trahissaient son standing habituel : des baskets, certes, mais des Converse.

On ne se refait pas. En tout cas pas jusqu'au bout des doigts de pieds.

Les mouvements de sa tête, malgré les yeux

invisibles, montraient également que Patagas restait fidèle à lui-même sur le plan hormonal. Son escapade nocturne incognito, qui visait de toute évidence à rejoindre une « petite » en toute discrétion, ne l'empêchait pas pour autant de lorgner massivement entre les cuisses de sa vis-à-vis, parfaitement galbées par des collants noirs sous une jupe encore plus courte que celle de la veille. L'avantage de cette occupation majeure, sans doute provoquée délibérément par Ludivine, c'est qu'elle dissuadait le mateur de vaquer d'un regard improviste à l'autre extrémité de la voiture.

L'animateur avait changé à Gare de l'Est, de la ligne 4 pour la ligne 7.

Alex consulta sa montre. Le glas de minuit avait sonné depuis une vingtaine de minutes.

La dernière station intra-muros avant de filer vers la banlieue, c'était… Porte de la Villette.

Il échangea un bref regard avec Sophie.

Ils étaient sur la même longueur d'ondes.

Vu l'heure à laquelle Patagas rejoignait sa jeunette du moment, le dernier métro serait parti depuis longtemps quand il aurait terminé sa petite affaire. S'il avait prévu de rentrer chez lui plutôt que de dormir sur place, ce serait forcément en taxi.

Dans quelques minutes ou jamais, donc, à moins d'une récidive libidineuse prévue plus tôt dans la nuit suivante, dont la tueuse était d'ores et déjà informée.

Autre option : c'est elle-même qui avait appâté sa cible pour un premier rendez-vous où il n'avait aucune chance de trouver un nid douillet et bien garni.

Aucun des autres voyageurs n'avait le profil : deux hommes et une seule femme, assez mûre pour jouir d'une bonne ribambelle de petits-enfants.

Gribovitch vit la main droite de Ludivine remonter derrière sa nuque et ses doigts se vriller dans ses cheveux, agités d'un léger tremblement.

Elle était sur les nerfs, forcément.

Les siens ne valaient pas mieux, ni ceux de Sophie qui croisait et décroisait les jambes toutes les quinze secondes, sans aucune nécessité apparente.

CHAPITRE XXXVI

L'adrénaline frisait l'ébullition.

La grand-mère potentielle était descendue à Crimée, puis les deux hommes à la station suivante, Corentin Cariou.

Personne d'autre n'était monté dans la voiture.

Manifestement, l'entrecuisse de Ludivine continuait de faire tout ce qu'il pouvait pour capter en exclusivité l'attention de Mytos Patagas. Le résultat était à la hauteur des arguments déployés : le concupiscent ne perdait pas une miette du spectacle, à des lieues de s'intéresser à la binette des deux seuls autres voyageurs restants dans la voiture.

Dans moins de trente secondes : arrêt Porte de la Villette.

Le scénario à la fois attendu et redouté se profilait à l'horizon immédiat : l'animateur expulsa un profond soupir de regret, décocha à la belle, sous sa moustache postiche, un sourire qui se voulait ravageur, puis il se déplia de son siège…

Ludivine marqua un peu le pas sur le quai avant de s'engouffrer dans le sillage de Patagas.

L'heure n'était plus à jouer les fantômes de la nuit à distance : Alex et Sophie la rejoignirent en courant.

S'il ne se passait rien et que l'animateur se retournait et découvrait le pot au rose de la triple filature, ils en seraient quittes pour lui dresser un portrait détaillé de la situation et négocier à l'arraché le silence au moins provisoire de la chèvre, avec environ 2 % de chances de réussite.

– Nom de Dieu ! beugla Gribovitch en dégainant son flingue, aussitôt imité par Sophie et Ludivine.

La bombe fumigène était du genre à efficacité massive et instantanée : nuage épais qui caressait déjà la voûte du couloir. Quatre voyageurs descendus des autres voitures s'étaient laissés tomber à genoux au sol, suffoqués par la violence du produit lacrymogène.

Plus aucune trace de Patagas dans la purée de pois.

Alex bloqua sa respiration et s'y enfonça le premier, la mort dans l'âme.

Sophie et Ludivine lui emboîtèrent le pas, flingue au poing…

À travers ses larmes qui lui bouffaient les pupilles comme un sauna aux vapeurs d'acide, à genoux près du corps allongé sur le dos, la profileuse eut juste le temps de voir qu'il n'avait plus de lunettes ni de moustache, que son visage était en train de disparaître, qu'un manche de bois dépassait en biais de son abdomen et que le tampon à l'encre bleue sur ce qui lui restait de front affichait « 03 ».

Elle se détourna du carnage et vomit tripes et boyaux…

Les yeux ravagés, Alex et Sophie émergèrent en courant de la bouche de métro et engouffrèrent bruyamment une rasade d'air respirable.

Faute d'y voir quoi que ce soit, ils s'en remirent à leurs oreilles.

Rien, pas un bruit hormis le seuil de décibels chroniques qui baignait la nuit parisienne de son ronflement perpétuel.

– Je préviens Griffon, trancha Sophie en pianotant quasi à l'aveugle sur le clavier de son portable.

– Je me charge de rameuter Sorbier et son équipe, fit Gribovitch en dégainant le sien.

Chose faite, ils replongèrent dans le brouillard qui se dissipait peu à peu, de moins en moins agressif…

Alex se pencha sur le cadavre de Patagas et plongea la main sous sa veste. Il y trouva le portefeuille qu'il cherchait dans la poche intérieure et l'enfouit dans la sienne. Jusqu'à nouvel ordre, Sorbier n'était pas plus censé être au parfum de l'identité de la troisième victime que de celle des deux premières.

– On calte, dit Sophie en attrapant par le bras la pauvre Ludivine, prostrée au-dessus de son vomi.

– M… mais… bredouilla la jeune femme.

– On calte, je te dis. L'équipe officielle va débarquer pour la galerie dans une poignée de minutes. Nous, on n'a plus rien à faire ici. On trace à pied jusqu'à Porte de Pantin sur la ligne 5. Avec un peu de chance, ça devrait être bon pour le dernier métro.

CHAPITRE XXXVII

Affalée la tête renversée sur le canapé du salon de Sophie, Ludivine Chanteclair grimaçait de douleur.

– Ça ne se calme pas, geignit-elle d'une voix de petite fille. Putain, ça fait mal.

– Tu es restée exposée plus longtemps que nous et tu t'es frotté les yeux, l'erreur à ne pas faire, expliqua Sophie. Ça va dégouliner mais tu bouges pas, OK ?

– C'est quoi, ce que tu tiens ?

– Un gant de toilette gorgé d'eau fraîche pour laver tout ça et décongestionner, et ensuite je te mets quelques gouttes de sérum physiologique, ça apaisera le feu. Tu verras, si j'ose dire : c'est radical.

La jeune femme se laissa faire.

Elle se redressa au bout d'une poignée de minutes.

– Ça va beaucoup mieux, c'est vrai, concéda -t-elle.

– Je te l'avais dit. Privilège de l'expérience. Tu apprendras avec le temps.

– Bon sang, comment vous faites, tous les deux, pour rester de marbre après ce qui est arrivé ! Ce type s'est fait massacrer quasiment sous nos yeux. On s'est fait avoir comme des bleus. Enfin… je dis ça pour vous, évidemment. Comment il a réagi, votre boss, au téléphone ?

– Je n'irai pas jusqu'à dire qu'il a sauté de joie, mais il a encaissé en vieux routier qu'il est.

– Ça… ça me dépasse. On dirait que vous êtes tellement blindés que… Je ne trouve même pas mes mots.

– Pour ça aussi, tu apprendras avec le temps, intervint Gribovitch en allumant une Gitane blonde. Le fantasme classique de la jeune recrue, c'est de considérer qu'à partir du moment où il y a un flic dans le paysage, tout est réglé comme du papier à musique. Tu viens d'avoir la preuve du contraire. La tamponneuse avait manifestement prévu qu'on risquait d'identifier sa troisième cible, et elle a pris les mesures adaptées, y compris le masque à gaz qui lui permettait d'opérer en toute tranquillité. Dans ce genre de cas de figure, le plus expérimenté des limiers à toujours un métro de retard sur un assassin organisé et bien décidé. Ce qui est arrivé est arrivé et personne n'y peut rien. Se lamenter en boucle ne nous serait d'aucune utilité pour la suite des événements, OK ?

Le ton résolu de la tirade était sans doute convaincant : Ludivine hocha la tête et plus un mot ne sortit de sa bouche.

Le portable de Sophie en profita pour fredonner au fond de sa poche de blouson…

– Oui, Camille ?

– Je… ne te dérange pas trop ? Tu dormais, peut-être ?

– Pas vraiment, non. La soirée a été un peu agitée. Qu'est-ce qui se passe ? Tu as l'air aux cent coups.

– Je… je suis incapable de dormir. C'est con, je sais, mais c'est plus fort que moi. Au moindre bruit dans l'escalier, je sursaute comme une malade. Et puis… je vois Marc partout, comme un fantôme qui ne me lâche pas d'une semelle. Je suis à bout, Sophie. Est-ce que je peux venir dormir chez toi ? Tu te rappelles que tu m'as donné ton adresse quand on a échangé nos numéros ?

– Bien sûr que je m'en souviens. Appelle un taxi et rapplique, pas de souci.

– C'est déjà fait.

– Alors je t'attends.

– Ben… En fait, le taxi vient de me déposer, mais il y a deux portes pour le même numéro.

– C'est normal : une porte par copropriétaire. Je t'ouvre tout de suite.

Sophie raccrocha et se retourna vers Alex.

– On a une autre invitée, fit-elle. Camille Grimaud pète les plombs en série, apparemment.

– J'avais compris. Ça la consolera peut-être d'apprendre que deux autres célébrités ont subi le même sort que son amoureux, puisqu'on l'a déjà mise au parfum pour le premier meurtre. Rien de tel que la mort des autres pour aider à museler ses fantômes perso.

– Tu es vraiment… réagit Ludivine. Là non plus, je ne trouve pas mes mots.

– Lucide sur l'opportunisme à tous les niveaux qui a permis à une espèce comme la nôtre de survivre tant bien que mal pendant trois millions d'années, voilà ce que je suis, compléta Gribovitch. Et vu la taille ridicule de nos dents et les ongles pathétiques qui nous servent de griffes, c'était pas gagné d'avance.

– Il me semble bien l'avoir déjà entendue, celle-là, commenta Sophie avant de disparaître dans le couloir. Tu te répètes, Gribo.

CHAPITRE XXXVIII

À la lumière du salon plus bavarde que la pénombre du couloir, Camille dévisagea Sophie et Gribovitch, puis la profileuse toujours affalée sur le canapé.

– Vous avez les yeux aussi rouges que des lapins myxomatosés, surtout elle, s'étonna-t-elle.

– Elle, rétorqua Sophie, c'est Ludivine, une collègue de fraîche date qui vient d'essuyer les plâtres de sa première rencontre en direct live avec le côté sombre de la force.

– Ce soir, on était en chasse et on n'a pas pu empêcher l'éradication d'une troisième victime, compléta Alex pour mettre en œuvre sans traîner son traitement de choc. Ce qui signifie qu'il y en a eu une deuxième entre Marc Dilange et celle-là.

– Je sais, soupira la jeune femme, j'ai écouté les infos, y compris les détails horribles que vous m'aviez cachés. C'est ça, surtout, qui me bouffe la tête. Le fantôme de Marc que je vois sans arrêt n'a plus de visage. Les deux autres, c'étaient des acteurs ?

– Non, mais ils émargeaient eux aussi au monde du show-biz, chacun dans leur domaine.

– Alors c'est seulement une tueuse en série qui choisit ses victimes dans cet univers-là, n'est-ce pas ?

– Pourquoi « seulement » ?

– Ben… ça signifie que Marc n'était pas visé personnellement. En dehors de ce qu'il représentait, je veux dire. De savoir ça, quelque part, je crois que ça va m'aider à encaisser.

Gribovitch décocha un bref regard à Ludivine, qui salua sa perspicacité d'un imperceptible hochement de tête.

– C'est… qui, les deux autres ? poursuivit Camille.

– La curiosité est un vilain défaut, trancha Sophie d'un ton qui se voulait léger pour détendre l'atmosphère, et je ne crois pas que cette information-là te serait utile pour surmonter ta peine.

Contre toute attente, la jeune femme replongea dans son marasme sans préavis et tomba en larmes sur le canapé à côté de la profileuse. Manifestement, les ambitions thérapeutiques d'Alex étaient quelque peu surdimensionnées.

Ludivine lui prit la tête au creux de son épaule

et lui caressa la joue en la berçant comme un bébé inconsolable.

Enfin, c'était a priori l'idée qu'on pouvait se faire d'une telle initiative.

Le regard sceptique qu'échangèrent Gribovitch et Sophie supputait une autre sorte de motivation collatérale en forme de dérapage un tantinet incontrôlé.

Alex soupira en allumant une Gitane blonde.

Sophie soupira tout simplement.

CHAPITRE XXXIX

Elle s'agenouilla et glissa le plus loin possible sous son lit le masque à gaz et le fumigène-lacrymogène qu'elle n'avait pas utilisé – un seul avait largement suffi.

Elle se redressa en se disant une fois de plus qu'Internet est vraiment une mine d'or à ciel ouvert : on y trouve tout ce qu'on veut, et pour trois fois rien quand on se donne la peine de bien fouiner.

Et de trois.

Il restait tant à faire.

Mais déjà trois quand même, et sans le moindre bug malgré les conditions délicates, surtout cette nuit.

Elle sourit à son reflet dans le miroir accroché à la cloison.

Pas mal, pour une débutante a priori fâchée avec le sens du détail et de l'organisation.

La fonction crée l'organe, paraît-il.

Elle échangea carrément un rire à la fois nerveux et jouisseur avec son reflet.

Puis elle gagna le minuscule coin cuisine de sa chambre de bonne et ouvrit le frigo.

Tuer, ça donne faim. Elle avait vu ça dans un épisode des *Experts*. Tout un topo sur la quantité dantesque de calories brûlées par un organisme avant, pendant et après un crime de sang. Dans cet épisode-là, c'est ce qui avait perdu l'assassin : accro aux cheeze-burgers, il allait systématiquement se goinfrer au même fast-food après chacun de ses forfaits pour compenser.

Nouveau sourire, mais le miroir était trop éloigné pour le lui renvoyer.

Ce genre de manie compulsive, ce n'était pas son genre.

Du moins pas de cette façon-là. Elle avait tout prévu.

Toute une étagère du frigo était remplie de boîtes de foie gras bon marché, celles avec une ouverture facile dessus et dessous, pour que ça glisse tout seul dans l'assiette.

Elle en ouvrit trois.

Déballa un pain de campagne prétranché et graissa trois tartines à l'aide d'un couteau à dents de scie qu'elle n'utilisait que pour ça, sans trop savoir pourquoi.

Une boîte par tartine et une tartine par meurtre, ça faisait le compte.

N'importe quelle fille de son âge aurait été affolée d'une telle orgie, mais elle n'avait aucun problème de ligne.

« Je me demande où tu le mets, tout ce que tu avales ! »

On le lui répétait souvent.

Elle engouffra la première tartine face au frigo ouvert, puis le referma et alla se planter devant la cloison aux yeux, en dévorant la seconde.

Marrant : elle ne l'avait pas encore remarqué mais les deux premières paires en partant de la gauche s'étaient éteintes, comme si le papier, pourtant glacé, avait imbibé peu à peu la vitalité des regards.

Celui de la troisième paire commençait à s'estomper lui aussi.

Tous les autres yeux étaient bien vivants, eux.

Beaucoup trop vivants.

CHAPITRE LX

Les soupçons de Gribovitch et Sophie prenaient corps sans la moindre équivoque. Ils s'assirent d'une fesse chacun sur un pouf face au canapé pour voir jusqu'où ça allait aller.

Les corps en question, c'étaient ceux de Ludivine et de Camille, qui surchauffaient au-delà du raisonnable.

Ça avait commencé à se préciser quand une main de Camille s'était agrippée à la main de Ludivine qui caressait la joue de Camille.

Pas pour repousser la main cajoleuse, mais pour s'en servir de point d'appui histoire de se hisser la bouche à hauteur de l'autre bouche: celle de Ludivine.

Baiser goulu qui ne faisait pas spécialement dans la chasteté d'un échange de tendresse entre deux pauvresses chamboulées par l'agressivité des événements récents.

De la langue déployée toutes voiles dehors, entrelacée à l'autre, luisante de salive en ébullition.

Puis les jeux de mains s'étaient faits jeux de vilaines au regard de la morale standard : déboutonnage de chemisier, de ceinture de jupe pour l'une et de blue-jean pour l'autre.

Titillage digital de bouts de seins et de perle inter-labiale d'en bas.

Forcément, la houle globale ne tarda guère à enfler : ça tanguait et ça roulait, ça ondulait de partout sur le canapé transformé en océan pour croisière de folie.

– Rrgg, s'étrangla Alex, considérablement ému quand la dernière pièce textile qui adhérait encore à la peau de Camille – son slip – valsa à travers la pièce (la nudité imminente de Ludivine l'émouvait un peu moins, car il en avait déjà joui).

– Ousshhhh, commenta Sophie quand il ne resta plus que le string de Ludivine à s'attarder un peu, mais très peu car, dans la foulée de ses collants, il rejoignit bientôt le slip de Camille, tout là-bas (le déballage des appas de celle-ci ne lui faisait pas autant d'effet, car elle y avait déjà goûté).

Apparemment, les deux filles se moquaient bien des dégâts collatéraux qu'elles provoquaient sur la sérénité de moins en moins sereine de leurs hôtes. De toute façon elles n'étaient plus là, définitivement ailleurs.

Et en même temps elles étaient là quand même, et bien là, comme en témoignaient les bruits de plus en plus bruyants qu'elles émettaient et les effluves musqués qui se dégageaient à foison de leurs ébats soutenus.

– Putain y a pas, on est vraiment des bêtes et on n'y peut rien, constata Gribovitch en se dépoilant d'urgence pour se jeter sur le fessier généreusement offert par la position très impudique de Camille.

– Ouais on n'y peut rien, confirma Sophie déjà toute nue en plongeant d'une irrésistible apnée entre les cuisses de Ludivine, qui n'eut pas une seule seconde la tentation de s'en formaliser.

CHAPITRE LXI

Alex avait du mal à se souvenir d'un entrefesse aussi accueillant que celui de Camille Grimaud. Pas parce que les exemples manquaient à son palmarès pour comparer, loin s'en faut, mais tout simplement parce que dans l'état où il s'égarait, c'était un peu compliqué de dresser ce genre de comptabilité qualitative avec le minimum de lucidité requis. Alors il laissa tomber et se consacra intégralement à son ouvrage.

Du grand art: pilonnage saccadé à petites secousses d'intensité variable, puis de longs enfoncements jusqu'à la garde, agrémentés de subtiles pressions des doigts autour des hanches et des pouces juxtaposés au creux des reins.

Manifestement, l'investie adorait ça: elle gazouillait, ululait, ronronnait, tout en continuant à rouler des patins effrénés à Ludivine qui le lui rendait bien. Elle vibrait tel un violoncelle sous l'archet, pour une musique infiniment charnelle comme en joueraient sans doute les anges s'ils étaient sexués.

Gribovitch décida qu'elle avait d'autres ressources instrumentales et remonta des hanches jusqu'aux seins. Les pistons des tétons étaient effectivement du genre à répondre présent. Une pression sur le gauche : une note tout en roucoulade. Un effleurement sur le droit : un zéphyr à peine chuchoté mais d'une extrême musicalité.

Alex n'avait que des compétences très limitées en matière de composition, mais c'était un prince de l'improvisation. Le concert fut à la hauteur des moyens mis en œuvre…

Sophie léchait et léchait et léchait encore. Ludivine, bonne fille, se révélait sans conteste une source inépuisable de nectar des dieux, capable d'abreuver jusqu'à satiété une horde d'assoiffées chroniques.

Pas loin d'égaler, voire de battre le record atteint par Camille sous la même langue experte, la profileuse avait déjà joui treize fois, et ça ne parlait pas de s'arrêter.

Sophie n'y voyait aucun inconvénient, bien au contraire, mais à condition que la réciproque soit au rendez-vous. Aussi décida-t-elle de s'installer confortablement à cet effet : grimpette subreptice sur le canapé et enfourchement façon tête-bêche.

Ce faisant, d'un coup de fesse, elle évacua la tête de Camille afin que la langue convoitée se libérât.

Elle y gagna encore davantage que ce à quoi elle s'attendait : loin de lui en tenir rigueur, Camille opta pour un usage de son pouce et de son majeur parfaitement complémentaire de la langue de Ludivine : l'un planté ici, et l'autre là.

Sophie barrit son bonheur sans aucune retenue : après tout, elle était dans ses murs et elle y faisait ce qu'elle voulait. Ce n'était pas la vieille voisine à moitié sourde qui risquait de s'en plaindre…

Calme plat après la tempête généralisée.

– Ça vous intéresse toujours, que je vous dise à quel point le boudoir s'est imbibé ? proposa Ludivine qui baignait dans sa sueur.

Alex et Sophie, qui ne valaient pas mieux, jetèrent un œil du côté de Camille, qui n'avait pas besoin d'en savoir plus.

Pas de souci : elle dormait comme une bienheureuse en suçant son pouce.

CHAPITRE XLII

Griffon recracha un cadavre de capuchon de stylo rouge pour le remplacer par un noir qui ne tarderait pas à subir le même destin.

– Bonjour, Chanteclair, concéda-t-il à la profileuse par respect pour les stigmates tenaces d'une éducation assez stricte.

Il ne jugea pas indispensable d'honorer Gribovitch et Sophie de la même politesse.

– Je croyais avoir été clair, se contenta-t-il de leur rappeler. Karine vous a forcément vus entrer tous les trois, et elle a une langue de pendue.

– Vous la connaissez moins bien que vous le croyez, objecta Sophie. Karine a effectivement une langue mais aussi un cerveau, en dépit de certaines apparences trompeuses. On lui a dit motus, ce sera bouche cousue. Je m'engage à virer ma prochaine paye sur votre compte perso si elle me fait mentir.

– Vu les salaires qu'on touche, c'est pas ça qui me changera la vie. Pourquoi avez-vous amené Chanteclair ici ?

– Pour qu'elle vous raconte de vive voix le résultat de ses cogitations par imprégnation, répondit Alex. Si on le faisait nous-mêmes, vous nous accuseriez de broder des plans sur la comète.

– OK, soupira le patron des Affaires Spéciales, je suis tout ouïe…

– Mouais, je conviens que ça peut tenir la marée, comme échafaudage, admit Griffon. Et qu'est-ce que vous comptez construire, à partir de là ?

– De l'imaginatif, donc du risqué, se lança Gribovitch. Vu notre fiasco de cette nuit, on n'a pas le choix. C'est quitte ou double.

– Autrement dit, si vous vous plantez encore une fois, Picard-Lesecq se fera un devoir de tous nous bazarder comme de vieux fusibles usagés, y compris la carrière à peine vagissante de la demoiselle ici présente. Bon, qui ne lance pas son moteur n'a aucune chance d'arriver nulle part. C'est quoi, votre plan ?

CHAPITRE XLIII

Sophie commençait à fatiguer. Le trombinoscope défilait à l'écran à chaque pression de Gribovitch sur la touche idoine du clavier, proposant chaque fois quatre nouvelles possibilités qu'elle accueillait d'un marmonnement désabusé, appuyé par une moue de plus en plus sceptique de Ludivine.

– Il y en a certainement qui pourraient coller, tempéra celle-ci dans la morosité générale, mais on ne peut pas s'en rendre compte. C'est une question de contexte, de posture.

– Je suis bien d'accord avec toi, acquiesça Alex. Le problème, c'est qu'un flic qui se fait immortaliser par un photographe de la grande maison pour des besoins purement administratifs n'a aucune raison de se la jouer Don Juan sur le retour avec le sourire et le regard qui vont avec. Mais on n'a visionné jusqu'ici qu'un gros tiers des effectifs masculins d'Île-de-France. On va peut-être finir par tomber sur la perle rare qui aurait les potentialités requises de manière un peu plus flagrante que toutes ces tronches de cake standardisées.

– Et si on ne la trouve pas, la perle rare, s'énerva Sophie, on fait quoi ? On élargit la recherche aux collègues de province et des dom-tom réunis ?

– Pourquoi pas ? Vu les autres candidats à l'embrochage qui ont plus ou moins les yeux appropriés, le prochain possible sur la liste ne fêtera pas son anniversaire avant six semaines et n'a donc même pas encore reçu son faire-part. Ça nous laisse du temps pour tout mettre en place, à commencer par le choix de l'outsider.

– Mouais. J'y crois de moins en moins, à ton plan. Ça paraît tellement tiré par les cheveux, tellement aléatoire.

– Puisque tu as parlé de province, sache que je n'ai aucune envie d'aller à Thouars, rétorqua Alex pour tenter de rebooster le moral au ras des pâquerettes de sa coéquipière.

– Moi, fit Ludivine, j'y crois à ce plan. Si je ne me suis pas plantée sur la personnalité de la tamponneuse et sur les motivations de ses carnages, elle a exactement le profil. La moutarde lui montera au nez, inévitablement, et elle plongera.

– Pour trouver de la bonne moutarde, il ne faut pas aller à Thouars mais à Dijon.

– Gribo, tu es affligeant, soupira Sophie. Mais… nom de Dieu… je crois bien que c'est toi qui as raison, au bout du compte.

– J'ai toujours raison par principe, mais là, il va quand même falloir que tu m'expliques pourquoi. Je suis largué.

– Élargir la recherche aux collègues de province. Dijon.

– Le seul flic que je connaisse là-bas s'appelle Michel Laborde, notre équipier occasionnel d'il y a deux mois[1].

– Justement. Imprime sa photo, et tu comprendras.

– Je vais commencer par l'afficher à l'écran pour en avoir le cœur net mais le doute m'habite.

– Imprime-la directement, je te dis. Et en agrandissement, s'il te plaît, pas au format photo d'identité…

D'une paire de ciseaux décidés, Sophie acheva de découper le haut du visage du brigadier Laborde, sans le front et les cheveux, et posa le résultat sur le bureau.

– Alors, qu'est-ce que vous en dites, tous les

1. (Re)voir *Mi-figue mi-résille*, Police des Mœurs n° 185.

deux ? s'enquit-elle.

– Excuse-moi mais ça ne me semble pas couler de source, répondit Ludivine.

– À moi non plus, marmonna Gribovitch. D'autant que j'ai eu tout le temps de l'expérimenter en chair et en os, le regard de ce mec.

– C'est parce que tu n'as pas eu l'occasion de croiser ledit regard dans ces circonstances particulières où le mâle standard change radicalement de physionomie pour se la jouer grand séducteur désabusé à la virilité conquérante. Moi, si. Il fera l'affaire, j'en suis certaine. Et je te rappelle qu'il a déjà été capable d'endosser le rôle d'un représentant de commerce tout à fait crédible. Pourquoi sa panoplie s'arrêterait-elle là ? Bon, trêve de tergiversations. Je l'appelle sur son portable pendant que tu avises Griffon qu'on a tiré le bon numéro. Il fera le nécessaire.

Toujours pas convaincu, Alex déplia néanmoins sa carcasse d'échalas. La chaise apprécia sa libération d'un claquement métallique reconnaissant.

CHAPITRE XLIV

– Tremper la queue d'un croissant trop cuit dans un café-crème dégueulasse à huit heures moins dix du matin, debout dans les courants d'air de la gare de Lyon, maugréa Gribovitch, c'est pas l'idée que je me fais de la façon décente d'attaquer une journée acceptable. On aurait pu prendre le petit dèje rue Bernache, quitte à se lever carrément un quart d'heure plus tôt.

– Je te connais, Gribo : tu nous aurais mis en retard et je tenais à être là pour accueillir Michel à sa descente du train.

– Pour lui éviter de se perdre dans le métro ou pour lui montrer que tu es toute prête à remettre le couvert question maternage de jeune flic option promiscuité *très* rapprochée ?

– Fais pas chier, tu veux. La dernière fois qu'il a bossé avec nous, je te rappelle qu'il y a perdu un bout d'index et qu'il a été à deux doigts, si j'ose dire, d'y laisser tout le reste de sa personne. Ce qui ne l'empêche pas de répondre présent aujourd'hui. Ça mérite un minimum de savoir-vivre, non ?

– Admettons, concéda Alex. Mais des trains Dijon-Paris, y en a toute la matinée. Il était pas obligé de débouler si tôt et de me priver de ma Gitane blonde post café au lait, vu que bientôt, y a plus qu'enfermé chez soi qu'on aura le droit d'en griller une.

– Enthousiasme impatient de jeune flic pas encore blasé par des décennies de cynisme chronique. Tu t'es levé de quel pied, ce matin ?

– Je sais pas, j'avais pas encore mis mes lunettes.

– Magne-toi au lieu de râler, le train va bientôt arriver.

– Il est prévu à huit heures et il n'est que huit heures moins... sept. Sans compter qu'on n'est jamais à l'abri d'une grève surprise de Monsieur Hassan Céhef...

Sophie embrassa Laborde d'un rapide baiser sur la joue. Le brigadier remonta son sac de voyage d'un coup d'épaule et tendit la main à Alex, qui musela son mauvais poil pour en serrer sincèrement cinq au nouveau venu. Enfin... quatre et deux tiers, vu la phalange manquante à l'index. Il modéra d'ailleurs sa pression, histoire d'éviter un impair.

– Pas de souci, comprit l'amputé. C'est complètement cicatrisé et plus du tout douloureux. La seule séquelle vraiment gênante est psychologique : j'ai un mal fou à approcher ma main d'un sécateur quand ma mère me demande de tailler ses rosiers.

Il s'adressa plus particulièrement à Sophie.

– Tu n'as pas été très loquace, au téléphone, et mon chef ne m'a rien expliqué non plus.

– Ton chef ne t'a rien dit pour la bonne raison qu'il n'a pas été mis au parfum du motif de ton débauchage improvisé, et c'est pas le genre de topo qu'on peut détailler à outrance quand on se sert d'un portable, à moins d'exploser son forfait façon puzzle.

Laborde mordilla sa lèvre inférieure.

– Quel genre, alors ? Je ne te cache pas que tu me mets l'eau à la bouche.

– La dernière fois, rappela Gribovitch, c'est avec de la flotte plein les poumons que tu t'es retrouvé, et celle de la Seine n'est pas spécialement respirable, d'après ce qu'on en dit. Alors écoute un conseil de vieux con : tant qu'on ne sait pas à quelle sauce on va être mangé, mieux vaut tabler sur un appétit modéré.

– OK, c'est noté. Vous m'expliquez ça autour d'un café croissant ? Je n'ai rien avalé ce matin avant de sauter dans le TGV.

– Nous c'est déjà fait. Et pas question de remettre ça dans cette gare, de toute façon. Je hais les gares, elles me rappellent qu'il y a de la cambrousse au bout des rails et je déteste la cambrousse.

– Dijon n'est certes pas Paris, mais c'est quand même une ville, comme tu as pu le constater par toi-même, s'étonna Laborde.

– Laisse tomber, intervint Sophie. Il a fait un effort méritoire pour essayer d'être vivable pendant deux minutes et demie, mais le naturel est revenu au galop. Y a des jours comme ça. Un sur deux, à peu près.

– Ah bon.

– Ouais. Quand je pense que c'est lui qui a eu l'idée de ce plan et que je lui ai dégoté en deux temps trois mouvements la perle rare qui lui manquait. Enfin… on va pas le refaire, à son âge.

– Et c'est moi, la perle rare ? supputa le brigadier.

– En quelque sorte.

CHAPITRE XLV

Elle se réveilla au beau milieu d'un rêve érotique où un type sans regard ni visage lui suçotait délicatement les tétons, ce qui n'était pas une mince prouesse vu qu'il n'avait plus de lèvres.

« Dommage », murmura-t-elle pour elle-même en serrant les cuisses.

Réflexion faite, elle les rouvrit pour vérifier d'un majeur inquisiteur que le rêve en question avait commencé de produire les effets qu'elle pouvait en attendre.

C'était effectivement le cas.

Alors elle prit le relais et se fit du bien.

Ensuite elle se leva et resta toute nue malgré le chauffage éteint et la fraîcheur du matin, comme souvent.

Zut, plus de pitas dans le frigo.

Les tartines de foie gras trempées dans le cacao,

non, sans façon.

Elle se replia sur un paquet de biscottes qui s'ennuyait depuis des semaines au fond du placard.

Heureusement, il restait de la confiture de pêche…

Finalement, elle se refit du bien sous la douche. Pourquoi se priver, après tout ?

Puis elle enfila un peignoir après s'être essoré les cheveux.

Rester toute nue quand on s'est déjà fait deux fois plaisir, ça perd de son intérêt.

Dire bonjour aux yeux, maintenant.

Un rituel matinal qu'elle repoussait toujours au maximum, parce que la privation temporaire permet de profiter des choses à leur juste valeur.

La troisième paire en partant de la gauche était à présent aussi éteinte que les deux premières.

Mais tous les autres !

Elle leur dit bonjour plusieurs fois, sur tous les tons, et ils ne répondaient même pas.

Ils se contentaient de la regarder, tous avec ce même air supérieur, condescendant.

Six semaines !

Comment pourrait-elle attendre aussi longtemps !

S'occuper la tête à autre chose, vite.

Elle ouvrit son ordinateur portable et l'alluma.

Elle n'avait pas l'ADSL dans sa chambre de bonne, ni même tout simplement de ligne de téléphone fixe, mais le blondinet du dessous, un garçon adorable, lui avait gentiment refilé le code d'accès de sa box wi-fi. Ça ne lui coûtait pas plus cher d'en faire profiter le voisinage.

Elle l'avait remercié d'une petite pipe vite fait, on n'est pas des sauvages.

Elle lança Explorer et afficha sa liste de sites favoris...

Rien d'intéressant sur Internet, ces temps-ci. En tout cas rien qui soit à la hauteur, c'est une question d'estime de soi.

D'accord, elle avait fait une croix là-dessus depuis belle lurette mais c'était histoire de passer le temps.

Elle referma l'ordinateur et s'allongea sur son lit pour se faire du bien une troisième fois.

Sans retirer son peignoir.

C'est pas mal non plus, de se caresser par-dessous, avec l'éponge qui vous chatouille le dos des mains.

CHAPITRE XLVI

Finalement, Michel Laborde accepta de remettre petit déjeuner et explications le temps du trajet en taxi jusqu'à l'île Saint-Louis, où Alex comptait sur le crème onctueux et les croissants dorés à point de l'un de ses bars préférés pour oblitérer l'expérience douloureuse de la gare de Lyon – d'autant que le patron du bistrot fermait les yeux sur une petite Gitane blonde à partir du moment où c'était à la table du fond et qu'il n'y avait pas encore trop de touristes.

Robert – ledit patron – prit la commande et tira discrètement, clin d'œil à l'appui, un minuscule cendrier en alu de la poche de son tablier à l'ancienne.

– Alors ? s'impatienta le brigadier quand les cafés et les croissants furent livrés à bon port.

– Tu t'y colles, Gribo, puisque c'est toi qui as eu l'idée ? proposa Sophie.

– C'est fatigant d'avoir des idées. Je pense et tu bavardes, chacun son boulot.

– Il est carrément pénible, à force, remarqua Laborde.

– Là, supputa Sophie, c'est uniquement parce qu'il est jaloux. Je te l'ai dit à la gare : le plan, c'est lui, mais c'est moi qui ai pensé à toi. Un scénario sans acteur pour endosser le rôle titre, c'est comme la théorie sans la pratique. Bon, j'attaque. Tu m'arrêtes en cas de besoin, OK ?...

– Ouais, évidemment, réagit Laborde après quelques instants d'un silence songeur. C'est marrant, mais quelque part, j'étais certain que c'était en rapport avec cette histoire de meurtres dans le métro. Identité des victimes tenue secrète dans l'intérêt de l'enquête, on connaît la musique. Forcément une affaire encore plus foireuse qu'il n'y paraît, et les affaires foireuses, c'est votre spécialité.

– Les jeux de mots vaseux, Sophie te confirmera que c'est mon domaine réservé, s'insurgea Gribovitch en écrasant son mégot dans le cendrier d'alu posé sur la chaise voisine.

– Comment ça ?

– Affaires foireuses, spécialité, Affaires Spéciales.

– Excuse-moi pour le piétinage de plates-bandes, je ne l'avais pas fait exprès.

– Pas de mal. Tu te sens les épaules ?

– Ce serait plutôt une question de regard, d'après ce que j'ai compris. Celui-là, je l'ai fait exprès. Oui, je crois que c'est dans mes cordes. Mais il va nous falloir un bon photographe pour me tirer le portrait avec l'effet escompté.

– On s'en chargera nous-mêmes comme de tout le reste. Pas question de faire intervenir quelqu'un de l'extérieur.

– Bon. Tout ça va prendre du temps, non ?

– On a six semaines devant nous, a priori.

– Et je vais loger où ? Chez vous ?

– Non, intervint Sophie. J'aurais bien aimé moi aussi, si tu vois ce que je veux dire, mais il te faut un nid plus en rapport avec ton nouveau statut. Suite premier prix dans un palace raisonnablement exorbitant, histoire de ne pas pécher par excès de bling-bling. Elle est déjà réservée et payée d'avance pour deux semaines sur la caisse noire de Picard-Lesecq. Tu y trouveras les fringues adaptées à la situation.

– Un palace, carrément !

– Carrément.

CHAPITRE XLVII

Karine, en soutien-gorge orange pigeonnant sous petit haut lamellé or et argent, déchiquetait l'air autour d'elle d'une paire de ciseaux assassine, celle-là même qu'avait utilisée Sophie pour découper les yeux de Laborde.

– Il en aurait presque fallu des neufs, plus coupants, hasarda-t-elle. Ou alors carrément un peigne rasoir. Avec ces engins-là, j'ai peur de faire des trous.

– Si je dois absolument changer de coupe de cheveux, se méfia Laborde, le mieux c'est encore que j'aille chez un coiffeur, non ?

– On n'est pas à Dijon, trancha Gribovitch. Ici, pour dégoter un figaro capable de te faire une coupe branchée qui ne frise pas le ridicule, faut prendre rendez-vous des semaines à l'avance. Karine a la culture, l'œil, l'imagination, l'audace et les doigts de fée nécessaires pour t'arranger ça.

La réceptionniste s'abîma dans une intense réflexion potentiellement créatrice.

– OK. Le tout, c'est de recycler les défauts en qualités. Je vais lui faire une coupe à étages multiples et même à demi-étages, un peu comme la gare dans *Harry Potter*. Vous voyez ce que je veux dire ? Le train pour Poudlard, il part pas d'un niveau normal. C'est un entre-deux que les moldus voient pas. Si vous avez pas lu les bouquins ou pas vu les films, les moldus, c'est les gens ordinaires, ceux qui sont pas des sorciers ou des apprentis. Là, ce sera pareil. Y aura des niveaux intermédiaires pour gommer les transitions trop brutales, ni vu ni connu.

– Tes références littéraires sont aussi pertinentes qu'apparemment incongrues, intervint Sophie. Je visualise très bien. Vas-y, taille…

Michel Laborde se regardait sous tous les angles dans le miroir de sac à main fourni par Karine, qui éternuait en rafales parce qu'elle avait respiré son chantier capillaire de trop près tandis qu'elle officiait.

– J'ai du mal à me reconnaître, constata-t-il.

– C'est exactement ce qu'on voulait, fit Gribovitch, un appareil photo numérique à la main : tu as l'air d'un extraterrestre tombé de la planète

Chébran. Bon, révise ta panoplie de regards qui tuent, maintenant. Je mitraille à tout va et y aura bien un ou deux clichés exploitables dans le lot. Mets-toi devant le mur blanc, tant qu'à faire. Un classeur métallique comme il y en a dans tous les postes de police du pays, c'est pas franchement le fond idéal.

– Mais… mes fringues, hésita le brigadier. Il vaudrait mieux que j'aille m'habiller à l'hôtel avec celles que vous avez prévues, non ?

– Ton pull en laine à grosses mailles fera parfaitement l'affaire pour le moment. Le look bio-bobo, c'est pile poil dans le contexte.

– Pour être bio, il est bio. C'est ma mère qui me l'a tricoté, avec de la laine qu'elle commande directement chez un éleveur irlandais par Internet.

– Alors tout baigne. Pose, l'artiste, ça va crépiter…

La journée tirait à sa fin et tout le monde, y compris Griffon et Ludivine Chanteclair invitée à venir offrir son regard critique, avait mal au crâne à force de lire, de relire et de proposer des modifications subtiles de ce que Gribovitch avait tapé sur son clavier d'ordinateur au fil de l'inspiration collective.

– On n'arrivera pas à mieux, estima Sophie. Si

on corrige trop, le résultat sera aseptisé et on y perdra beaucoup en crédibilité.

– C'est aussi mon avis, adhéra Alex. Bon, je mets en page en intégrant la photo et je balance le tout sur une demi-douzaine de sites adaptés à la situation. Après ça, on n'aura plus qu'à veiller au grain.

Un ange passa.

Il sentait le vitriol.

CHAPITRE XLVIII

Foin d'économies de bouts de chandelles : elle avait rallumé le convecteur en début de soirée et s'aperçut trop tard qu'il était réglé sur 6. Il faisait chaud dans sa chambre de bonne. Trop chaud.

Alors elle se mit toute nue et tapa plusieurs fois sur ses fesses à pleines paumes. Elles étaient fermes, ses fesses – pas plus de problème de ce côté-là que du côté de son tour de taille malgré les tartines de foie gras –, et elle aimait bien se le confirmer plus souvent qu'à son tour en leur filant des claques qui les faisaient rougir comme les joues d'un bébé qui fait ses dents.

Évidemment, les claques sur les fesses, ça ne va pas sans produire quelques effets collatéraux et, la chaleur du chauffage réglé trop fort aidant…

Bref, elle s'allongea sur la couette et se fit du bien.

Puis elle alluma son ordinateur portable pour la

troisième fois de la journée…

« Tiens, première nouvelle. Il débarque d'où, celui-là ? »

Elle se parlait souvent à haute voix. Ça l'aidait à se sentir moins seule.

Elle fit remonter la page Web jusqu'en haut, là où il y avait la photo du type et son nom en regard, avec quelques infos supplémentaires dans un encadré.

Pascal Jubaud. Un Blanc de Côte d'Ivoire. Producteur télé à Abidjan. De passage à Paris pour caster des jeunes Françaises. Rôle principal d'une série locale, saison 1, destinée à l'ensemble du marché africain, francophone dans un premier temps. Il ne voulait pas passer par des agences. Il cherchait une fille la plus naturelle possible, pas encore « abîmée » par les manies d'un jeu standardisé. Pas de critères physiques particuliers pourvu que les candidates soient très jolies, bien entendu. Il fallait contacter directement un numéro de portable sur messagerie et se présenter brièvement, sans chichi. Il castait à son hôtel, dont il ne donnerait le nom qu'en rappelant celles dont la voix serait un sésame pour un rendez-vous, ou pas.

Après, il y avait une interview, par un journaliste qui ne concédait que ses initiales : A.G.

Intriguée, elle décida de la lire intégralement.

A.G. : *Vous êtes jeune et pas du tout connu en France. Croyez-vous qu'il y aura beaucoup de candidates pour vous suivre dans une aventure pour le moins aléatoire, puisque vous ne garantissez aucun contrat avant deux semaines d'essais sur place avec les acteurs locaux ?*

P.J. : *Je suis incontournable en Côte d'Ivoire et très connu dans la plupart des grandes capitales africaines. La notoriété n'est qu'un outil pour caresser les imbéciles dans le sens du poil. Ce qui compte, c'est le pouvoir. À commencer par le pouvoir économique. Le cinéma, la télévision d'aujourd'hui, c'est principalement des capitaux, et je suis particulièrement bien pourvu de ce côté-là. Il y aura des candidates, ça ne m'inquiète pas du tout. Beaucoup d'appelées et très peu d'élues, vous connaissez la musique. Une inconnue ferait n'importe quoi pour avoir l'opportunité de tenter sa chance. J'ai le nez pour flairer une future pointure. Les autres, tant pis pour elles. La sélection naturelle est une bonne chose : l'espèce en sort grandie.*

A.G : *Ce qui signifie que vous serez impitoyable avec « les autres », comme vous dites ?*

P.J. : *Pas plus que n'importe qui dans le métier.*

Je paye donc j'exige le meilleur du meilleur, c'est aussi simple que ça.

A.G : *Et si, malgré votre flair, vous constatez à la fin des essais que celle que vous avez choisie n'est pas à la hauteur de vos attentes ?*

P.J. : *La parenthèse dorée d'un rêve utopique est toujours bonne à prendre. Aller en première classe, mais billet retour en classe éco. Je n'aime pas gaspiller, c'est pour ça que je suis riche. Celles qui liront cette interview sauront à quoi s'en tenir. Quand le vivier est inépuisable – et c'est le cas –, il suffit d'aller à nouveau à la pêche, on finit toujours par ferrer la belle pièce parmi le menu fretin.*

« Connard. »

Elle remonta jusqu'à la photo.

Ce regard…

Six semaines.

Beaucoup trop long.

« Il a parlé de parenthèse. »

Elle examina à nouveau le cliché et compara avec les yeux sur la cloison.

« Une parenthèse, ça se remplit comme on peut. »

CHAPITRE XLIX

– Lance l'enregistrement, chuchota Sophie, un écouteur à l'oreille. La première candidate pressentie est là, je viens d'entendre la porte se refermer.

Gribovitch appuya sur la touche idoine et se sonorisa lui aussi l'oreille gauche. Ils s'étaient installés avec tout le matériel requis dans la chambre. Deux micros HF avaient été planqués dans le salon de la suite, de l'autre côté de la cloison, où Michel Laborde, rebaptisé Pascal Jubaud, était censé prendre le pouls des postulantes aux feux de la rampe après un premier tri sur la messagerie.

Échange de politesses et des banalités qui vont avec. La fille ne semblait pas très hardie. Plutôt le genre timide. Mais c'était peut-être une stratégie le temps de sonder le soi-disant casteur, histoire de peaufiner les arguments à venir.

Laborde, lui, s'en tirait avec les honneurs, et même davantage. Il alternait d'emblée entre paternalisme doucereux – vu son âge, c'était une performance – et réflexions cyniques parfaitement en accord avec son « interview » balancée sur Internet.

– Il ne faudrait quand même pas qu'il en fasse trop dans le grand écart des registres, nota Sophie. Ça risque de déstabiliser les filles et carrément d'éveiller la méfiance de la tamponneuse si elle fait partie du lot. Là, il frise la caricature.

– Je croyais que tu n'avais aucun doute sur sa capacité à tenir le rôle, persifla Alex en tripotant son paquet de Gitanes blondes.

– Il s'en sortira, j'en suis sûre. Il lui faut juste un peu de temps pour trouver ses marques. Dis, tu vas pas en allumer une, là ? Je te rappelle que les odeurs de tabac, ça se fait un malin plaisir de s'infiltrer sous les portes pour chatouiller les narines à portée d'empestage.

Gribovitch renfourna paquet et briquet dans sa poche pour éradiquer définitivement la tentation.

– Le stress, marmonna-t-il. On joue gros, sur ce coup-là.

– Tout à fait d'accord avec toi. Tu entends ? Il s'améliore déjà, le Michel. On y croirait comme un pauvre à ses chances de gagner au Loto.

– Là, c'est toi qui deviens cynique.

– C’est juste pour essayer l’effet que ça fait. Comme ça, je me sentirai encore plus proche de toi. Ouah, elle aussi elle change radicalement de braquet. Petite fille timide mon cul, elle a du répondant.

– Impressionnant, effectivement, confirma Alex. Mais pour ce qui est du naturel soi-disant recherché par notre producteur du grand sud, elle repassera. Cette fille n’a peut-être encore décroché aucun rôle significatif, mais c’est une pro des castings version je te sors l’artillerie lourde et c’est pas les munitions qui me font défaut. Dommage qu’on n’ait pas l’image, je sens que ça va virer au très chaud.

– Ouais, moi aussi. J’espère que Michel ne va pas en perdre ses moyens. Ouch, ça se précise. Elle s’est déjà mise à poil, d’après toi ?

– Vu ce que je suppute qu’elle a décidé de lui faire pour emporter le morceau, si j’ose dire, pas la peine de se déloquer entièrement. Exposer un minimum de marchandise suffit largement à mettre le mâle standard en conditions. Merde, il ne dit plus rien.

– Dans ce genre de situation, tu fais dans le bavardage intempestif, toi ? Si c’est le cas, ça ne m’a pas frappée, et j’ai pourtant une certaine expérience en tant que témoin à charge de tes dérapages incontrôlés. Enfin… plutôt à décharge.

– Pas plus grande que la mienne pour ce qui est des tiens, nuança l'épinglé.

La fille s'était arrêtée de parler elle aussi.

Mais pas d'émettre des bruits avec son gosier légèrement encombré par ce qu'elle avait manifestement en bouche.

Laborde, lui, râlait carrément. On sentait pourtant qu'il ne ménageait pas ses efforts pour un minimum de discrétion, mais la nature est désobéissante par nature…

« OK, je vous rappellerai », entendirent Sophie et Gribovitch dans leurs écouteurs.

« Mouais, ils disent tous ça », douta la voix de la fille qui en avait sucé d'autres.

Alex interrompit l'enregistrement en attendant l'entrée de la prochaine.

CHAPITRE L

Après avoir renvoyé la onzième candidate de la journée à ses espoirs d'un improbable coup de fil qui concrétiserait ses rêves les plus fous, Laborde soupira de soulagement en constatant sur le cadran de sa montre que la prochaine, si elle n'était pas en avance sur l'heure du rendez-vous, n'arriverait pas avant cinq minutes.

Il fouilla dans le minibar et dénicha ce qu'il cherchait : un tube de comprimés d'aspirine à la vitamine C. La fraîcheur du bruit du cachet effervescent dans le verre d'eau minérale lui fit l'effet d'une promesse de bain de jouvence. Il en avait bien besoin.

Il l'avala d'un trait.

Cinq délurées de première classe sur onze, ça faisait beaucoup pour ses réserves d'énergie. D'autant plus qu'il y en avait même eu une pour exiger un lit comme cadre du déploiement de ses arguments. Il avait réussi in extremis à la retenir dans le salon au moment où elle posait la main sur la poignée de la chambre où planquaient Gribovitch et Sophie derrière leur attirail d'écoute. Celle-là s'était vengée de l'inconfort relatif qu'il lui imposait, en le laissant littéralement liquéfié sur le canapé.

Anxieux, il regarda défiler les maigres minutes, en priant tous les dieux disponibles pour que la prochaine postulante ne soit pas elle aussi du genre à coucher plus vite que son ombre pour décrocher le jack-pot…

– Vous êtes bien… Adeline Fruchard ? Je m'y perds un peu, c'est le défilé permanent depuis ce matin.

– C'est bien ça, confirma la fille, une superbe brune élancée à la peau très claire et au visage quasi angélique.

– Adeline, c'est bien, mais Fruchard… Désolé, comme nom d'actrice, c'est à peu près aussi bandant qu'un bouquet de fleurs avec des brocolis en guise d'orchidées.

– C'était le nom de mon défunt papa et je l'adorais. En plus c'est tendance, les noms ordinaires, en ce moment.

– Pas en Afrique.

– Ah bon ?

– Si vous voulez faire une carrière internationale, il va falloir vous renseigner sur ce qui se passe ailleurs qu'à Paris, fillette. Mais on n'en est pas là. Qu'est-ce que vous avez fait jusqu'ici ? Je ne vous parle pas des petits boulots pour survivre, mais du métier.

– Rien, je vous l'ai dit sur le répondeur.

– J'ai écouté des dizaines de messages avant de me lasser. Je ne me souviens plus du vôtre.

– Je me suis fait bouler à chaque fois, même quand ça paraissait bien engagé. C'est bien ce que vous cherchez, non ? Quelqu'un de tout neuf, qui n'a pas encore pris de tics.

– Vous me plaisez.

– À quel point de vue ? Je suppose que vous en avez sauté une bonne demi-douzaine depuis le début de ce casting, et qu'elles ont encore moins de chances que moi d'être retenues.

– Je veux dire que vous semblez avoir du caractère, du genre qui pourrait coller avec le rôle. Déshabillez-vous.

– Je m'en doutais.

– Je n'ai aucune envie de vous sauter, vous pouvez me croire sur parole. Si vous avez un minimum de jugeote, vous avez peut-être deviné qu'une série dans un pays chaud, ça va se passer les trois quarts du temps en petite tenue au bord de la piscine. Mais la jugeote est une denrée rare, apparemment. Jusque-là, il y en a eu seulement trois qui ont pensé à enfiler un maillot de bain sous leurs fringues.

– Moi j'y ai pensé, sourit Adeline en biais.

Elle se débarrassa de son sweat-shirt, de ses baskets et de son jean.

– Hu-hum, apprécia Michel. Le maillot est un peu trop sexe, mais le corps est intéressant.

– C'était au cas où il y aurait des scènes un peu chaudes de prévues.

– Il y en aura mais ça restera très soft. C'est une série de prime time.

– Qui peut le plus peut le moins. Vous voulez vérifier ?

– Je vous ai dit que je n'ai pas envie de vous sauter !

– Alors contentez-vous de mater. Je m'arrange très bien toute seule. En fait, j'adore me faire du bien en toute intimité avec moi-même. Bon, je peux, ou je me rhabille tout de suite pour aller me faire reluquer ailleurs ?

– Allez-y, consentit Laborde en désespoir de cause…

C'était torride.

Elle se malaxait les seins sous le soutif.

D'une seule main.

L'autre s'occupait de son bas-ventre.

Sous toutes les coutures du slip.

Elle se tordait d'un plaisir qui, s'il était feint, prouvait qu'elle avait les qualités de ses ambitions.

Hop, plus de slip, tout d'un coup, et plus de soutif non plus.

Ces tétons, nom de Dieu, ces tétons.

Et cette touffe parfaitement entretenue, en point d'exclamation un peu évasé, qui ne masquait rien des lèvres rebondies et du sillon d'enfer entre les deux.

Un doigt laboureur s'y engouffra, ramena la graine à la surface et la cajola avec amour et détermination.

La vue d'ensemble était tout aussi émouvante. La beauté de cette fille en plein orage charnel était plus qu'incendiaire : pyromane.

– Là, prévint-elle d'une voix considérablement mouillée, je vais vous faire l'orgasme. Mais pour être tout à fait honnête, ça n'aura rien à voir avec du cinéma.

Le doigt s'activa, frénétique.

Elle jouit si fort et si massif que Laborde en resta bouche bée tellement c'était beau.

– Voilà, conclut-elle.

Puis elle se rhabilla, tranquillement.

Non sans jeter ensuite un œil blasé sur la braguette de sa victime.

– Pour un casteur de filles décidées en fin de journée, commenta-t-elle, vous avez encore du répondant. Je sais que vous ne me prendrez pas.

– …

– Ouais, c'est comme ça : je le sais. C'est mon destin. Mais si ça vous dit de faire un peu mieux connaissance avec moi malgré tout, ce soir je suis libre à partir de vingt-trois heures. Ne m'appelez pas, pas la peine. Venez directement chez moi.

Elle nomma sa rue et précisa le numéro.

– À partir de vingt-trois heures, pas avant, insista-t-elle. Prenez le métro, c'est ce qu'il y a de plus simple.

– J'ai les moyens de m'offrir le taxi.

– J'ai dit en métro. Je sais que je n'aurai pas le rôle et je tiens au moins à ce que vous me méritiez pour la bagatelle. Le métro, pour un type comme vous, c'est une épreuve. Je serai à ma fenêtre et si je vous vois sortir d'un taxi, je ne vous ouvre pas. Salut.

CHAPITRE LI

– C'est elle, c'est sûr, fit Laborde. On a son nom, son adresse et son numéro de portable pour la pister dans Paris si elle ne rentre pas directement chez elle. Pas la peine d'attendre cette nuit pour la serrer et la cuisiner aux petits oignons. D'ailleurs je ne comprends pas pourquoi vous l'avez laissée filer.

– Ne t'emballe pas si vite, tempéra Sophie. Je te concède que le risque est minime qu'on n'ait pas tiré le bon numéro, mais il existe.

– Et si c'est bien elle, enchaîna Gribovitch, elle a sans aucun doute acheté un portable à carte sous une fausse identité, dont elle s'est déjà débarrassée, et elle n'habite pas là où tu crois. Trois entorses à ses petites habitudes – une victime non prévue à son programme, hors anniversaire, a fortiori sans faire-part anticipé –, c'est le maximum qu'elle puisse concéder à sa boulimie de meurtre pour meubler les six semaines avant le prochain sur sa liste initiale. Elle a choisi cette rue pour une seule raison.

– Laquelle ? s'enquit le brigadier.

– Question de provincial. C'est à portée de fiente de pigeon du métro Porte d'Italie. On s'en tient à ce qu'on avait décidé : le flag et cette fois on prévoit les masques à gaz en cas de besoin. Ça nous laisse quelques heures à tuer.

– On se fait un restau ? proposa Sophie. Tout ce temps le cul vissé sur une chaise à écouter des gémissements à n'en plus finir, ça m'a mis les crocs.

– Ça marche pour moi, adhéra Alex en allumant une Gitane blonde.

– Un hôtel, ça fait partie des lieux publics, lui rappela sa coéquipière.

– Ouais mais celui-là, c'est un palace. Ils ont les moyens de raquer les amendes.

CHAPITRE LII

Plutôt que de se déshabiller intégralement, elle s'était contentée de baisser son jean et son slip jusqu'aux chevilles pour se faire du bien devant son miroir.

Mais cette fois, ça ne venait pas.

Ça lui arrivait rarement, mais ça lui arrivait.

Histoire d'en avoir le cœur net, elle clopina jusqu'à la cloison aux yeux et recommença à se cajoler la fente face aux regards découpés qui n'en perdaient pas une miette.

Sauf les trois qui étaient déjà éteints, évidemment.

Rien.

Enfin... pas tout à fait : ça montait un peu, ça faisait semblant de vouloir venir, mais ça s'arrêtait en cours de route, comme si quelque chose l'empêchait de se libérer complètement.

Elle n'insista pas.

Tout au fond d'elle-même, sans en avoir vraiment conscience, elle savait ce que c'était.

Elle remonta slip et jean et se reboutonna, puis se dirigea vers le frigo.

Rien de tel qu'une bonne tartine de foie gras pour se requinquer un peu, faute de pouvoir se faire du bien…

Elle consulta la pendule publicitaire posée sur le micro-ondes.

Il était temps de s'affoler un peu.

Elle prit une pique à brochette dans le tiroir où étaient rangées les neuf qui restaient.

Finalement, ça ne ferait pas le compte, il faudrait en racheter d'autres.

Cette réflexion l'amusa. Enfin… c'était un peu plus compliqué que ça. Elle rigolait silencieusement et en même temps elle tremblait de partout.

Un flacon de vitriol dans le placard, maintenant.

De ce côté-là, elle avait des réserves bien au-delà de son programme, même gonflé par les aléas des anniversaires qui tardaient un peu trop à venir. Une caisse complète de petites bouteilles achetée pour trois fois rien à une bande du quartier qui avait cambriolé un labo, et qui ne savait pas trop quoi en faire.

Elle s'agenouilla près de son lit.

Hésita un moment à plonger le bras en dessous.

Non.

Elle se releva.

Pas de fumigène ni de masque à gaz, cette fois.

Revenir aux fondamentaux : travail rapide, discret et sans filet.

Le tremblement recommença.

Elle ne chercha pas à le maîtriser : quelque part, c'était presque aussi jouissif que de se faire du bien.

Elle ne chercha pas non plus à retenir les larmes qui dévalaient ses joues.

Elle enfila son blouson et tira de sa poche le tampon encreur qui n'en avait pas bougé depuis la dernière fois.

Elle le régla sur « 04 » d'un pouce presque décontracté malgré les tremblements, comme si tout allait pour le mieux dans le meilleur des mondes.

CHAPITRE LIII

La rame s'immobilisa. Station Les Gobelins.

Gribovitch éplucha discrètement la silhouette et le faciès de la partie féminine des quelques voyageurs qui montaient dans la voiture. Aucune brune à cheveux mi-longs et peau très claire correspondant à la description qu'avait faite Laborde d'Adeline Fruchard, quel que soit son vrai nom.

Bien sûr, elle pouvait avoir fait ce qu'il fallait pour ne pas être reconnue par « Pascal Jubaud », assis à l'autre bout, mais Alex n'y croyait pas.

L'option chasse à l'affût était la plus probable.

Par précaution, cependant, Sophie avait pris place dans la voiture précédente et Ludivine Chanteclair dans la suivante, au cas où.

La rame s'ébranla à nouveau.

Plus que trois stations avant Porte d'Italie.

CHAPITRE LIV

Ludivine Chanteclair sourit machinalement aux deux grands Blacks en survêtement assis en face d'elle. Longilignes, ils étaient en outre taillés comme des athlètes et ils plaquaient leurs jambes trop longues contre leur siège, de côté, pour ne pas la gêner. Eux aussi la détaillaient à la dérobée mais il n'y avait rien de tendancieux dans leur regard. Elle était belle et ils appréciaient, point barre. Elle le leur rendait bien. Ils incarnaient le prototype même de la beauté un peu hiératique de certaines ethnies d'Afrique de l'Est.

Malgré la situation, Ludivine se sentait bien.

Si tout se confirmait d'ici quelques minutes, c'est qu'elle aurait parfaitement cerné la personnalité de la tueuse. Boudoir imprégné juste ce qu'il fallait.

La charlotte ne finirait pas à la poubelle.

Elle était consciente de la chance offerte par

Sophie et Gribovitch. Une première affaire au cœur de la tourmente, alors qu'elle n'était encore que stagiaire. Elle aurait pu se planter sur toute la ligne par défaut d'expérience, et elle avait sans doute réussi. Non, pas « sans doute ». Elle avait *sûrement* réussi. Le plan imaginé par Gribovitch fonctionnait à plein. Il confirmait la justesse de son approche.

Les deux Blacks descendirent Place d'Italie.

Elle se retrouvait seule.

Seule avec elle-même et avec l'horreur de cette personnalité ravagée par laquelle elle s'était laissé habiter pour mieux la comprendre de l'intérieur.

Elle frémit imperceptiblement et serra les paupières pour se reprendre.

Sa main droite effleura la crosse de son arme de service sous son blouson.

Plus que deux stations, et…

CHAPITRE LV

Le pied à peine posé sur le quai, les poumons oppressés, Michel Laborde inspira profondément. L'âcreté de l'air vicié du métro le fit grimacer. L'atmosphère de la Côte-d'Or était nettement plus respirable, même en plein centre de Dijon.

D'un bref coup d'œil derrière lui, il constata que Gribovitch et la profileuse étaient bien sur ses talons, à une grosse dizaine de mètres.

Il dépassa Sophie qui venait de sortir de la voiture précédente et continua de marcher.

Le maximum de précautions avait été pris mais il n'arrivait pas à s'y faire. Les souvenirs douloureux de sa première collaboration avec les Affaires Spéciales remontaient en lui par bouffées nauséeuses. Jusqu'à son index tranché qui se manifestait à nouveau : il avait mal à sa phalange manquante, terriblement mal.

Il se secoua mentalement.

En vain.

Le maximum de précautions a été pris.

La phrase tournait et tournait dans sa tête, en principe rassurante, mais…

Une réaction brutale, incontrôlable, tout était possible.

On ne peut pas jouer les producteurs en goguette recouvert d'une armure de la tête aux pieds…

Il s'approchait peu à peu de la sortie.

Il ralentit l'allure.

Les quelques voyageurs descendus de la rame qui étaient encore derrière lui le dépassèrent d'un pas pressé.

Il ne se passait rien.

Il s'attendait à tout moment à suffoquer dans la fumée lacrymogène.

Seuls les trois autres avaient à l'épaule un sac enfermant un masque à gaz en cas de besoin. Lui n'en avait pas. Il était la chèvre.

De toute façon il n'aurait pas le temps de l'enfiler.

– Vous avez du feu ?

Il se retourna.

Gribovitch, Sophie et Ludivine n'étaient plus visibles.

Elle était là, toute seule, deux mètres derrière lui.

Elle le toisait d'un regard vide, complètement dissocié du sourire ravageur qu'elle lui décochait, une cigarette au coin de ses lèvres peintes.

– Alors comme ça, tu as voulu vérifier par toi-même que je l'avais bien pris, ce foutu métro ? fit-il en tirant un briquet de sa poche.

Il s'en voulait à mort.

Il avait dit ça d'une voix de gamin.

Ça sonnait complètement faux.

Elle ne répondit pas et resta immobile.

Elle avait forcément compris.

Elle allait s'engouffrer à nouveau dans le tunnel de service d'où elle était sortie, et disparaître.

Non.

Elle s'approcha et baissa la tête pour présenter la cigarette à la flamme du briquet.

Respiration bloquée, il sentit la pointe de la pique à brochette buter contre l'obstacle infranchissable du gilet pare-balles qu'il portait sous son pull.

Il leva les bras pour protéger son cou et son visage.

La fille ne fit aucune autre tentative.

Elle recula de plusieurs pas et se retourna.

– C'est fini, assena Gribovitch qui bloquait l'accès au tunnel interdit, flingue au poing.

Sophie et Ludivine, plus loin, la tenaient également en joue.

La tueuse continuait de sourire, mais ses yeux pleuraient.

– Vous y avez mis le temps, bande de nazes, souffla-t-elle d'une voix d'outre-tombe.

Puis elle retourna la pique et en ficha la pointe entre ses seins, les deux poings serrés autour du manche de bois.

Avant qu'Alex, le plus proche des quatre, n'ait pu tenter quoi que ce soit, elle se laissa tomber en avant, de tout son poids.

CHAPITRE LVI

Gribovitch avait tranché d'autorité pour le salon de sa moitié de maison : son bar était mieux pourvu que celui de Sophie, dont le défaut majeur était de ne pas avoir de Jack Daniel's en magasin.

Ils avaient dîné tardivement dans la cuisine commune en compagnie de Ludivine Chanteclair et de Michel Laborde. Camille Grimaud avait été conviée, mais elle ne pouvait pas se libérer avant la fin de soirée.

Il était déjà minuit trente-sept.

Alex tendit l'oreille.

– Ça sonne à ta porte, dit-il à Sophie. La voilà enfin.

– Je ne suis pas tout à fait sourde, signala celle-ci en s'arrachant du canapé…

Camille semblait avoir repris du poil de la bête.

Jolie comme un cœur dans son ensemble façon collégienne japonaise, y compris la jupe plissée et les socquettes blanches, elle s'installa assise en tailleur à même le parquet en dodelinant de la tête. Manifestement, elle n'avait pas sucé que de la glace.

– Je suis un peu faite, confirma-t-elle. Excusez-moi d'arriver si tard, mais j'avais prévu une tournée des bars avec ma meilleure amie d'enfance que j'ai retrouvée sur le site *Copains d'avant*. Elle n'était libre que ce soir et j'avais besoin de me changer les idées.

– Tu as bien fait, adhéra Sophie. D'autant que si on t'a demandé de passer... Désolée, mais on peut difficilement faire autrement que de te replonger une dernière fois dans tout ça.

– Je sais. J'ai entendu à la radio que la tueuse s'est fait coincer mais qu'elle s'est suicidée. Ils n'ont rien dit d'autre.

– Le détail sera dans les journaux demain, intervint Alex. On a estimé qu'on t'en devait la primeur, sans les menus aménagements de rigueur.

– C'est sympa de votre part, même si... C'est qui, lui ?

Du menton, visage un peu crispé, elle désignait Michel Laborde. Manifestement, et sans doute sans en avoir vraiment conscience, elle cherchait à retarder les révélations qui allaient la faire

« replonger dans tout ça », comme disait Sophie.

– Un collègue de province qui n'hésite pas à mettre le doigt dans l'engrenage quand on a besoin de lui, répondit celle-ci.

– Alors c'est pour ça qu'il lui manque un bout d'index ?

– En quelque sorte, mais c'était sur une autre affaire. Tu sais, Camille, si tu préfères attendre et être mise au courant en même temps que tout le monde, c'est toi que ça regarde. On ne veut pas te forcer.

La jeune femme sembla hésiter.

– Non, c'est mieux maintenant. Allez-y.

Sophie se tourna vers Ludivine Chanteclair. À toute seigneure tout honneur.

– Cette fille s'appelait Mylène Gaumont, commença la profileuse. Un nom potentiellement promis au firmament des stars, mais le destin en a décidé autrement. En m'imprégnant de tous les éléments dont on disposait, en essayant de me couler dans sa peau, j'ai très vite compris que son histoire avait un rapport avec cet univers-là bien au-delà du simple choix de ses victimes. Le journal intime qu'on a retrouvé chez elle a confirmé. Elle souffrait de ce que j'appellerai le syndrome de Rastignac. Comme le personnage de Balzac, elle était prête à tout pour réussir. Mais rien n'a fonctionné. Originaire d'un village de la

Creuse, après un bac obtenu de justesse, elle a fait sa valise et pris le train pour Paris le jour de ses dix-huit ans. Paris, l'incarnation de ses fantasmes, l'Éden absolu circonscrit dans un cercle presque parfait, délimité par toutes ses portes, aussi réelles que symboliques. D'où le choix des stations de métro au nom d'une porte de Paris pour chacun de ses meurtres, où elle attirait ses victimes d'une manière ou d'une autre. Si tu n'avais pas incité Marc Dilange à rentrer en métro, elle aurait elle-même usé d'un subterfuge. Elle le guettait sans aucun doute à proximité de ton immeuble, et elle avait tous les atouts nécessaires pour entraîner un homme là où elle voulait l'emmener. Tu n'as donc rien à te reprocher, Camille.

– Merci de me dire ça, soupira la jeune femme. Ça fait vraiment du bien.

– Elle habitait une chambre de bonne qu'elle n'a pas quittée depuis son arrivée à Paris, poursuivit Ludivine. Cours de chant et de comédie bidon, pseudo-agences de mannequinat aux limites de l'escroquerie, candidatures pour des émissions de télé-réalité, castings en série via les sites Internet spécialisés. N'importe quoi pourvu que ce soit dans le monde des paillettes. Son seul objectif était d'être célèbre, peu importait le domaine. L'unique contrat qu'elle a décroché, c'était une pub de presse écrite payée à coups de trique pour une marque de matériel de bricolage. Le photographe l'a violée dans la foulée de la séance de prises de vue. Après, elle a appris à dire oui à ces messieurs avant même qu'ils ne le demandent. Et peu à peu, son ambition a viré à l'obsession. Épisode déterminant : un directeur de casting pour un téléfilm, plus vicieux que les autres, qui la jette après lui avoir fait miroiter ses chances pour le premier rôle, à un mois exactement de l'anniversaire de ses vingt et un ans. Il avait un port de tête et un regard particuliers, et il tripotait sans arrêt une pique à brochette miniature qui lui servait à épingler ses fiches de rendez-vous. Quand elle a enfin compris qu'elle n'arriverait nulle part, l'image de ce type a hanté ses rêves pendant des mois. Elle a basculé. Tous les symboles étaient en place pour armer son scénario dément. Les piques à brochette qu'elle a achetées se vendent par lots de douze. Elle se vengerait donc douze fois. Douze célébrités sélectionnées pour leur regard. Un regard qu'il lui fallait détruire à tout prix. Problème : le meurtre appelle le meurtre et il y avait un trou de six semaines dans son programme, à cause des dates d'anniversaire. Alex a eu l'idée de s'engouffrer dans la brèche et le piège a fonctionné.

– C'est dingue. Et tout ça pour en finir en se suicidant.

– C'est une issue assez fréquente à ce genre de psychopathie. Comme beaucoup de tueurs en série, elle voulait tout au fond d'elle-même que ça s'arrête et elle tombée délibérément dans le piège, qu'elle avait éventé. Mais ce n'est sans doute pas la seule raison. Elle a enfin décroché son premier rôle : demain, elle fera toutes les Unes, et à terme, il y aura bien un quelconque nécrophage pour s'emparer de son histoire et en tirer un film racoleur ou un feuilleton à rebondissements. La célébrité post mortem, faute de l'avoir obtenue de son vivant.

Un ange mort passa, en costume de lumière.

Camille Grimaud secoua sa tignasse en tous sens pour chasser les miasmes d'alcool qui lui embrumaient encore le cerveau.

– Bon, c'est pas tout ça, la vie continue. À cette heure-ci, y a plus de métro et de toute façon je n'ai aucune envie de rentrer toute seule dans mon pigeonnier. Alors va falloir qu'on s'organise. Qui couche avec qui ?

– Moi, ce sera avec personne, déclina Gribovitch en dépliant sa carcasse après avoir écrasé son mégot de Gitane blonde dans le cendrier. Je sens que mes lombaires me titillent et prudence est mère de santé.

– Pareil pour moi, même si mes os sont en pleine forme, trancha Sophie en se levant à son tour. C'est juste que j'ai envie d'essayer l'abstinence pour un jour ou deux, histoire de voir l'effet que ça fait.

– Bon bé on va s'arranger à trois, alors, minauda l'enflammée.

Ludivine Chanteclair n'avait pas l'air d'y voir d'objection.

Le brigadier Laborde non plus.

Désormais
vous pouvez commander
sur le Net :

SAS

BRIGADE MONDAINE — L'EXECUTEUR

POLICE DES MOEURS

HANK LE MERCENAIRE

BLADE — L'IMPLACABLE

NOUVEAUTÉS

BRUSSOLO : D.E.S.T.R.O.Y.
PATRICE DARD : ALIX KAROL
GUY DES CARS: INTÉGRALE

LES NOUVEAUX EROTIQUES

LE CERCLE POCHE

EN TAPANT

WWW.EDITIONSGDV.COM

DÉJANTÉ

HILARANT

ÉNORME

prix france TTC : 6 €

LE SAN-ANTONIO

DE L'ESPIONNAGE

parution : FEVRIER 2008

Cercle
Poche

L'érotisme a trouvé sa collection…

Le Cercle Poche
Prix France TTC 6 /9,5 €

INTÉGRALE

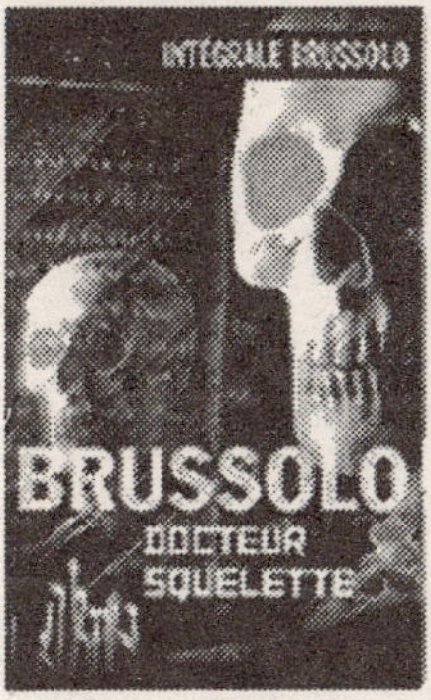

BRUSSOLO

PRIX TTC : 8 €

Achevé d'imprimer sur les presses de

BUSSIÈRE

GROUPE CPI

à Saint-Amand-Montrond (Cher)
en mars 2008

VAUVENARGUES - 14, rue Léonce Reynaud - 75116 Paris
Tél. : 01-40-70-95-57

— N° d'imp. 80423. —
Dépôt légal : mars 2008.

Imprimé en France